EM
NOME
DO
PAI

Liliana Laganá

EM
NOME
DO
PAI

EDITORA
Labrador

Copyright © 2023 de Liliana Laganá
Todos os direitos desta edição reservados à Editora Labrador.

Coordenação editorial
Pamela Oliveira

Revisão de texto
Iracy Borges

Assistência editorial
Leticia Oliveira

Imagens de capa
Acervo pessoal da autora

Projeto gráfico, diagramação e capa
Amanda Chagas

Dados Internacionais de Catalogação na Publicação (CIP)
Angélica Ilacqua CRB-8/7057

Laganá, Liliana
  Em nome do pai / Liliana Laganá. -- São Paulo : Labrador, 2023.
  160 p.

ISBN 978-65-5625-293-3

1. Literatura brasileira 2. Memórias I. Título

22-6229   CDD B869

Índice para catálogo sistemático:
1. Literatura brasileira

Editora Labrador
Diretor editorial: Daniel Pinsky
Rua Dr. José Elias, 520 – Alto da Lapa
05083-030 – São Paulo – SP
+55 (11) 3641-7446
contato@editoralabrador.com.br
www.editoralabrador.com.br
facebook.com/editoralabrador
instagram.com/editoralabrador

A reprodução de qualquer parte desta obra é ilegal e configura uma apropriação indevida dos direitos intelectuais e patrimoniais da autora. A editora não é responsável pelo conteúdo deste livro. A autora conhece os fatos narrados, pelos quais é responsável, assim como se responsabiliza pelos juízos emitidos.

A Lilio,
con fraterno amore

... e uma vez mais descobrirei, sempre com o mesmo espanto, que todas as vidas são extraordinárias, que todas são uma bela e terrível história.

José Saramago

1

Segurei longamente suas mãos entre as minhas, tentando esquecer que aquele frio havia chegado definitivamente.

Ainda há poucos dias você dizia: "Estas manchas nas minhas mãos são de velhice, mas estas nos braços são os hematomas das agulhas para transfusões de sangue, que eu preciso tomar para viver mais um pouco. Marcas de agulhas!". E, após olhar suas mãos por um longo tempo, continuava: "Eu tinha apenas nove anos quando puseram a primeira agulha em minhas mãos. Nove anos, e as mãos, pequenas ainda, já aprendiam a segurar uma agulha para costurar! Saía da escola e ia à casa de Nello del Pustión, como era chamado o alfaiate coxo, o único que havia em Fratterosa. Nem era para eu ganhar algum trocado, porque eu não ganhava nada. Nossa mãe me levou lá para eu aprender um ofício e não ficar na rua, brincando com os outros meninos. Nove anos e eu não podia brincar! Eu não sabia ainda que ofício queria ter quando crescesse, nem pensava nisso, queria apenas brincar. Mas eles já haviam determinado o meu futuro. Eu seria alfaiate, e pronto! Digo 'eles', porque na certa nossa mãe havia recebido ordens do nosso pai numa das cartas que chegavam diariamente, do lugar em que ele estava, naquele tempo de guerra. Com certeza ele havia escrito: 'Não o deixe solto na rua!'. E lá estava eu, com uma agulha na mão, todas as tardes, a tarde inteira ao lado de Nello, enquanto meus amiguinhos brincavam na pracinha. O que eu podia fazer senão obedecer? E eu obedecia. Eu sempre obedecia. Agora, com quase noventa anos, me arrependo de ter sempre obedecido, tanto ao nosso pai quanto à nossa mãe, e não consigo me perdoar."

Você havia sido educado à disciplina e à obediência desde seus primeiros anos de vida, no regime fascista em que se encontrava a Itália naqueles anos. Havia sido *Piccolo Balilla*, como todos os meninos: vestidos com o uniforme ditado pelo regime fascista, todos iguais, em fileiras retas, cabeça erguida, peito para fora, ouviam todos os dias que eram os futuros defensores da Pátria, a Itália que se tornaria grande sob o comando de Mussolini.

Talvez estivesse em sua índole ser obediente e ordenado, mas a educação que você recebeu intensificou suas características inatas. Lembro como nossa mãe repetia com orgulho que você sempre deixava os sapatos bem retinhos ao pé da cama, com as meias apoiadas neles, prontos para serem usados de manhã. E lembro como ela contava com orgulho que, de pequeno, você se havia estapeado a ponto de chorar, obedecendo a nosso pai. Eu a ouvia falar e também me orgulhava de ter um irmão tão obediente, sem saber por que você havia dado tapas em sua própria cara, até o dia em que você me contou o motivo, e eu chorei.

"Eu devia estar na segunda série do primário e havia escrito *farvalla* em vez de *farfalla*. Nosso pai disse que estava errado e mandou escrever outra vez. Escrevi de novo *farvalla* e ele, sem me dizer qual era o erro, mandou que eu enchesse duas páginas com aquela palavra. Eu, claro, enchi as duas páginas de *farvalla*, caprichando ao máximo na letra. Foi um esforço grande, ainda mais escrevendo com o terror de errar. Quando terminei, mostrei a ele com as mãos tremendo, ele olhou com desprezo, disse que continuava errado e me mandou dar um tapa em mim mesmo. Eu me dei um tapa de leve, e ele disse: 'Mais forte!'. Eu me dei outro tapa, um pouco mais forte, e ele, com aquela voz de mando, repetiu: 'Mais forte!', e eu me dei um tapa com tanta força que ficou a marca da minha mão na bochecha, e então caí no choro. Ele, com raiva, me mandou sair da frente, sem ao menos me explicar onde estava o erro."

Você parou de contar, me olhou tristemente e disse: "Com você, ao contrário, ele sempre foi paciente e compreensivo para explicar e ajudar nos seus afazeres escolares."

Realmente, nosso pai se empenhou muito para que eu estudasse, fez disso o objetivo da vida dele. E, para alcançar esse objetivo, não mediu esforços e foi muito exigente comigo. Eu também tinha medo, por causa da cara dele sempre fechada. E não entendia por que, às vezes, ele era diferente comigo, me dava carinho, me abraçava e me enchia de beijos.

Quando voltamos para Roma, depois do fim da guerra, eu tinha sete anos, ia começar o curso primário, e nosso pai dizia que eu devia me tornar uma professora. Eu nem pensava em ser professora, sonhava em ser balconista, porque todas as balconistas eram bem-arrumadas e tinham unhas longas e esmaltadas. E eu, que roía as unhas até sangrarem, que as roía a ponto de uma delas cair, sonhava em ser balconista, só para ter unhas longas e esmaltadas.

Mas ele repetia todo dia que eu devia me tornar professora, repetia e repetia, e eu morria de medo de não conseguir, medo de vê-lo descontente. Ele acompanhava tudo que eu estudava, queria que eu me saísse bem nas aulas, que eu tirasse sempre dez. Quando comecei a fazer composições em casa, já na terceira série do primário, ele não deixava que eu as levasse para a escola sem que as lesse e corrigisse antes. E eu tinha mais medo dele do que da professora. Entregava a ele a composição escrita numa folha avulsa e me escondia, temendo a reação dele. Ele me devolvia o papel corrigido, sem explicar o porquê das correções, e me mandava passar a limpo no caderno. Nunca dizia que estava bom, dizia apenas que podia ser melhor. Sempre: "Podia ser melhor". Eu vivia na ânsia de satisfazê-lo, sem nunca conseguir dele um sorriso de verdadeiro contentamento. Nunca ouvi: 'Está muito bom, minha filha!'. Era a professora que dizia na classe: 'Está muito bom, dez para você!'. E eu voltava para casa feliz, mas sem saber se merecia mesmo aquele dez.

Certo dia aconteceu uma coisa que para mim foi uma verdadeira tragédia. Eu havia feito uma composição sobre a primavera. Pela primeira vez, de onde me escondia quando lhe entregava o papel, vi nosso pai esboçar um sorriso de satisfação. Mas ele disse apenas: 'Pode passar a limpo!'. Na escola, a professora chamava uma a uma as alunas, em ordem alfabética, para ler a composição em voz alta, de frente para a classe. Eu ouvia, dava uma olhada na minha composição aberta sobre a carteira, achava que era mais bonita e ficava feliz. Ouvia outra composição, relia a minha, sempre a achava mais bonita e tinha certeza de que ia tirar dez. Num certo momento, apareceu uma frase em minha cabeça, apareceu assim, de repente, sem que eu a tivesse pensado, e era como se estivesse escrita à minha frente. Vi que dava tempo de escrevê-la no caderno, antes de ser chamada. Peguei o lápis e escrevi, rapidamente: "*E i ruscelli con il loro rumore sembra che cantino una canzone d'amore*". Realmente era lindo aquele final, com aqueles riachos que, com seu rumor, pareciam cantar uma canção de amor. Até rima havia naquela frase. Eu a escrevi, dei outra lida em toda a composição e meu coração cantava de felicidade. Quando a professora me chamou e comecei a ler, ela fazia sinais de aprovação com a cabeça, mas, quando li a última frase, levei um susto, porque ela começou a gritar comigo: 'Isso não é farinha do seu saco! Isso não pode ter sido escrito por você! Vou lhe dar um belo de um zero, assim aprende a fazer as lições sozinhas, sem ajuda de ninguém!'. Caí em prantos, tentei dizer que aquela frase eu acabara de escrevê-la na aula, mas o pranto não deixou, e ela continuava a gritar. Eu não podia dizer que era a única frase totalmente minha, pois seria confessar que meu pai havia ajudado. Não me restou outra coisa senão voltar para minha carteira, soluçando entre o riso das colegas.

"Então você também sofreu com ele, com aquele nosso pai? E eu que ficava magoado, porque ele dava um tratamento para mim, outro para você, como se ele fosse um ser bifronte. Foi nocivo para nós dois: nos tirou a confiança em nós mesmos!"

Um ser bifronte! Creio que foi esse o principal traço do caráter de nosso pai, uma personagem dupla, que acabou por criar dor e sofrimento, ao decidir o rumo de nossas vidas. Nunca, como naquele momento em que eu segurava entre minhas mãos as suas já sem vida, nunca, como naquele momento, isso se tornou tão claro e tão doloroso para mim, como se eu absorvesse o tormento que acompanhou você até o fim.

* * *

"Quando decidi comprar uma casa na Itália, meu sonho era voltar a morar em Fratterosa, passar a velhice onde havia vivido a infância, dar os últimos passos onde havia dado os primeiros. Queria um lugar que eu sentisse realmente meu, onde não seria mais um estrangeiro, como se nele tivesse nascido e vivido a vida inteira. Mas me dei conta que era impossível: o 'meu lugar' já não existia, e talvez nunca tivesse existido, porque em Fratterosa éramos refugiados em tempo de guerra, nunca havíamos sido realmente de lá. A aldeia estava ali, com sua muralha, as casas antigas, as ruelas, os arcos, o alto campanário, mas já não era a mesma de então. A guerra havia marcado o fim de uma época que guardava muito da vida medieval. E o boom econômico dos anos sessenta e setenta, na Itália, fez o resto. O agora chamado 'centro histórico' praticamente se esvaziara, muitos se haviam mudado para fora da muralha, onde usufruíam de mais espaço e comodidades. Muitos *contadini* haviam vendido suas casas que, reformadas, eram agora casas de veraneio de alemães e ingleses. As principais estradas haviam deixado de ser de pedrinhas brancas, como nas minhas lembranças, e estavam asfaltadas. Tive dificuldade em reconhecer o caminho que conduzia ao cemitério, ao lado do convento. Eu o lembrava como uma estradinha branca e solitária no meio dos campos, por onde passavam a pé, vagarosos e silenciosos, os cortejos fúnebres, carregando devagar a tristeza, no tempo longo da despedida. Lá, eu havia ganhado minhas primeiras moedinhas, que dom Renato deu a mim e a outros meninos para acompanhar um cortejo, todos vestidos de anjinho, porque o que ia à frente era um caixãozinho branco. Mas a estradinha era agora uma rua asfaltada, ladeada de casas com jardins, alguma loja, algum bar, onde os cortejos passavam de carro, com pressa na despedida, com pressa de terminar logo a triste função. E os anjinhos só existiam na memória dos que os haviam sido: me dei conta de que não havia volta possível, o passado era um lugar que só existia dentro de mim. Era lá que eu devia buscá-lo, nas minhas memórias, como estamos fazendo agora!"

Maria, sua mulher, havia nascido em Longobardi, localizada numa alta costa da Calábria, com ampla vista para o Mar Tirreno, uma aldeia que trazia no nome a lembrança de um longínquo período da história da Itália, quando os *longobardi*, ou lombardos, povos bárbaros vindos das terras geladas do Norte, haviam ocupado as terras ao sul dos Alpes. Mas a família se mudara para Roma quando ela tinha quatro anos, e a menina nem pensara mais no lugar em que havia nascido: Maria moraria onde fosse, contanto que estivesse a seu lado, porque você era o 'lugar' dela.

E você pensou que o melhor seria escolher um lugar novo para os dois. Por indicação de uma antiga colega sua de trabalho na alfaiataria, escolheram Cellere, uma aldeia escondida nos montes Apeninos, não longe de Roma, onde viviam as irmãs de Maria.

Compraram uma casa no centro da aldeia, com uma varanda que dava para uma deliciosa pracinha. Com uma pequena caminhada, se chegava aos campos, que estavam ali em volta e que se viam de todos os cantos da casa, inclusive da varanda. O verde que circundava a aldeia havia sido uma das razões de vocês escolherem Cellere, o verde de que sentiam tanta falta em sua casa, situada quase no centro de São Paulo.

Chegaram em Cellere desconhecidos, mas, numa aldeia tão pequena, os novos chegados sempre despertam muita curiosidade: a partir da farmácia, da padaria, do pequeno mercado, logo se espalhou a notícia de que a tal casa havia sido vendida para gente de fora, que vinha do Brasil.

Maria, que sempre vivera com a sogra, sentiu o gosto de ter uma casa só sua, com o marido só seu, e se sentiu realizada e feliz. Olhava as colinas cobertas de oliveiras em volta da aldeia, olhava os campos em que ovelhas pastavam tranquilas, e sentia uma grande paz no coração. Só havia uma coisa que a incomodava: 'No Brasil sou 'a italiana', e aqui *la brasiliana*!' Onde vou ser simplesmente Maria?', dizia sempre.

Afinal, embora tendo cidadania italiana, vocês eram os que haviam vindo de fora, eram forasteiros, 'bárbaros'. Mas logo fizeram amizade com os vizinhos e com um daqueles velhos *contadini*, agora chamados de proprietários de terras; você gostava de visitá-lo, de papear com ele, sentir o cheiro antigo da terra, passear entre as árvores de caquis e as oliveiras prateadas, cujas azeitonas ajudava a colher, quando estava lá, na época da colheita.

Maria e você haviam encontrado o equilíbrio possível, passando parte do ano na Itália, parte no Brasil. E foram muitas as idas e vindas, durante alguns anos. Às vezes, vocês iam na primavera e ficavam até o final do verão; outras vezes, iam no outono e ficavam até o início do inverno, e assim usufruíam de todas as estações.

Mas Cellere foi palco da tragédia que se abateu sobre você e sua família. Quando o terrível vírus começou a se alastrar pelo mundo, pensaram que, isolados na aldeia, estariam seguros.

Dessa vez, a estadia se prolongou mais do que o previsto, por necessidades médicas de Maria. E chegou o frio, e chegou o Natal. Maria quis passá-lo com as irmãs, temendo que poderia ser o último, pois já não tinha forças para viagens tão longas. A sala era fechada, protegida do frio, mas não do vírus, que naquela noite infectou vários dos presentes. Descuido de uma sobrinha, que estava com febre, mas não havia avisado ninguém.

Pouco tempo depois do Natal, já em Cellere, você sentiu um certo mal-estar e um pouco de febre, telefonou para o hospital de Viterbo e vieram buscá-lo. "*Stai tranquilla, ritorno subito!*" disse você a Maria, ao subir na ambulância, calçando chinelos.

Mas você não voltou. Foi Maria que seguiu seus passos. Sua filha, Lilia, ao saber da sua internação, imediatamente viajou para a Itália. Encontrou a mãe ainda em casa, mas já doente, a internou no mesmo hospital em que você estava, e voltou para Roma, junto do Fausto, seu companheiro. E não ligou para os sintomas que começou a sentir, achou que eram consequência do cansaço, da viagem, da preocupação com vocês dois, mas logo ela também teve de ser internada num hospital, em Roma.

Você soube que Maria também estava internada, ela no quinto e você no segundo andar. Sentiu uma tristeza e uma solidão profundas: a vida inteira juntos, e agora não podiam se ver, não podiam dar força um para o outro, como sempre havia sido. Quando soube da internação de Lilia em Roma, você conheceu o medo mais profundo. E logo veio a notícia da morte de Maria.

Ao chegar em sua casa de Cellere, saindo do hospital, sabia que não encontraria Maria a esperá-lo, que nunca mais a encontraria. Havia chorado muito no hospital, assistido por uma psicóloga, e pensava que não choraria mais. Mas, ao abrir a porta e ver a casa vazia, desatou num pranto incontido, daqueles que nunca tiveram nem terão fim.

Mas teve uma agradável surpresa quando, no final da tarde, o Prefeito apareceu em sua casa: 'Sabia que não teria nada em casa, *signor* Lilio, por isso trouxe este prato preparado por minha mulher!', disse ele, e você chorou por sentir companhia naquele gesto, por saber que não estava de todo sozinho em sua dor.

Você havia recebido alta do hospital, mas seu tratamento continuaria em casa: o hospital lhe fornecia oxigênio, que devia tomar todas as noites, ao deitar. O Prefeito providenciou uma senhora do Serviço Social que, duas vezes por semana, limpava a casa e lhe preparava a comida. E você, aos poucos, retomava as forças, com pequenas caminhadas e algum exercício para fortalecer os músculos, enfraquecidos pela longa estadia no hospital.

Foi nesse período que começamos a nos falar e a nos ver diariamente, pelo celular. Fui eu que, ao saber do ocorrido, liguei para você, incerta sobre sua reação, pois há tempos não nos falávamos. Mas você ficou surpreso e feliz ao ouvir minha voz e caiu em prantos: juntos choramos, reatando nossa fraternal amizade. Eram longas conversas, uma ou duas horas, sem nos cansar, nas quais começamos a costurar nossas lembranças comuns, que eram muitas, e que faziam esquecer um pouco sua preocupação com Lilia, ainda no hospital em Roma, acrescida do temor de contar a ela que a mãe não resistira.

Falávamos muito, como nunca, e naquelas conversas eu me sentia feliz por reencontrar meu irmão, depois de anos de desentendimentos, que nos haviam afastado.

* * *

Era janeiro, era fevereiro, e nós dois nos víamos e falávamos todos os dias. Você dizia que estava muito frio em Cellere, saía um pouco da sala e voltava com uma braçada de lenha, me mostrava o fogo ardendo, me mostrava cada canto da casa, a sala, a cozinha, os quartos, o banheiro, a varanda, e em cada canto se sentia viva a presença de Maria e do Brasil: "Este quadro compramos na Bahia, este outro numa viagem ao Sul!", dizia você, fazendo-me ver a casa em que os dois países se encontravam.

Um dia me pediu que lhe ensinasse a fazer uma sopa de batata e feijão, pois cansara de comer o que a senhora do Serviço Social preparava. Queria comida fresca e se aventurou no fogão, coisa que nunca havia feito. O feijão você já tinha pronto, numa dessas caixinhas que se encontram facilmente nos mercados. Eu orientei e você fez a sopa: descascou as batatas, as cortou em quadradinhos, as refogou com azeite e sal, juntou água quente, aos poucos, despejou o feijão, deixou ferver mais um pouco e afinal se serviu. "Ficou muito gostosa!", disse você, feliz por comer algo feito por você mesmo. Depois aprendeu a fazer molho de macarrão, omelete, carne assada ou refogada, e se sentia feliz em realizar essas coisas: era ampliar as próprias capacidades, ganhar mais independência.

Era março e você, da sua varanda, me fazia ver a pracinha em frente, cheia dos trilos das andorinhas que haviam voltado a seus ninhos, fascinado por aqueles voos velozes e perfeitos, sem saber que nunca mais as veria voltar.

Veio abril e você me levou a um passeio pelos Apeninos. Lilia também estava lá. Havia saído há algum tempo do hospital, muito debilitada. Havia passado mais de quarenta dias na Unidade de Terapia Intensiva, quatro dias seguidos em coma, inconsciente, e sofria um grande desconforto quando acordada: ela tinha que permanecer de bruços o tempo todo, cheia de tubos e máscaras, sem poder se mover, sentindo-se absolutamente sozinha, como se o mundo todo tivesse acabado, como se ela estivesse no meio de um deserto sem fim, pedindo por socorro, sem que ninguém pudesse ajudá-la. Mas um dia sentiu a presença da mãe: não sabia ainda que ela havia falecido, mas sentiu distintamente sua presença, e guardou as palavras ditas por ela: 'Você me salvou quando nasceu, e agora é minha vez de salvar você. *Forza figlia*!'. Quando entravam os médicos, que pareciam fantasmas, ou mergulhadores em brancos escafandros, ouvia vozes que repetiam '*Forza Lilia, forza*!', como se diz a uma mulher que está parindo. E ela entendeu que deveria parir a si mesma para voltar a viver.

Chegou debilitada em casa; precisava tomar oxigênio três vezes ao dia e fazer exercícios para os pulmões, que haviam sofrido muito e carregavam algumas sequelas desse vírus que se espalhara pelo mundo, nessa pandemia que parecia uma reedição da gripe espanhola que havia varrido o mundo, cem anos antes.

Mas aos poucos Lilia foi respirando melhor e ganhando forças. Caminhou primeiro em casa, depois na praça em frente à casa, sempre apoiada em Fausto, e aos poucos conseguiu aumentar a distância percorrida. Quando finalmente pôde viajar, Fausto levou vocês dois para visitar Láculo, onde a mãe e ele tinham casa. Era antigo lugar de pastores, nos Apeninos, a mais de mil metros de altitude, quase deserto no inverno.

Agora era primavera, mas ainda fazia frio naquela altura, e você, Lilio, todo encapotado, caminhava devagar, fazendo-me ver tudo que seus olhos viam. Lilia e Fausto caminhavam à sua frente, ela com um longo casaco, ele com um abrigo invernal. Paravam para esperar, mas você não se importava, caminhava devagar e se demorava para me mostrar os cumes das montanhas ainda cobertos de neve e as flores brancas ao longo do caminho, aproximando seu celular para eu vê-las melhor.

Caminhamos ainda, viramos à direita, passamos na frente do cemitério e chegamos a Láculo, uma meia dúzia de casas, grandes e bem construídas, quase todas sobrados, em volta de uma minúscula pracinha.

Pastores de ovelhas percorreram aqueles vales durante séculos, levando seus rebanhos pelos *tratturi*, estreitos caminhos serpenteando pelas encostas, ladeados de pedras. Desciam a montanha no inverno, subiam no verão, e permaneciam em seus *stazzi*, rústicas casinhas também de pedra, até o começo do outono. E agora os atuais proprietários, filhos e netos de pastores de ovelhas, haviam transformado os antigos *stazzi* em belas casas, grandes e confortáveis, e de certo modo seguiam a tradição, subindo e descendo a montanha, conforme a estação do ano.

Entramos na casa de Fausto, numa sala espaçosa onde ardia uma grande lareira, que fora acendida antes do passeio, e eu senti o calor daquele fogo. Com o verão, chegariam os donos das casas e o lugar se encheria de visitas, especialmente por ocasião de *Ferragosto*, com festas que se prolongariam por dias, com jogos e rumorosas reuniões em volta das mesas colocadas ao ar livre, naquele pequeno espaço que era a pracinha. Mas agora tudo era paz e silêncio, no infinito silêncio das montanhas.

Demorou ainda um bom tempo para você e Lilia voltarem ao Brasil. Você poderia voltar antes, mas esperou que Lilia fosse liberada para viajar. Vocês estavam ansiosos para voltar, abraçar os dois que haviam ficado no Brasil — seu filho Erik e seu neto Bruno, filho de Lilia — e que haviam acompanhado de longe toda aquela tragédia, proibidos de viajar, sem poder fazer nada, além de chorar e buscar ansiosamente notícias de vocês.

Foi longo esse tempo de espera, com dias eternos e semanas intermináveis. Nunca você desejou tanto o Brasil como nesses dias: sentia saudade da casa, do trabalho, do filho e do neto, e de ouvir de novo o barulho daquele imenso oceano, na praia em que você fazia longas caminhadas, ao lado de Maria.

Não vi o reencontro, mas sei que você, seus filhos e seu neto se abraçaram longamente, chorando a ausência de Maria, encontrando nas lágrimas conforto ao terrível período que haviam passado, os quatro, sem saber ainda que logo aquele abraço seria de três.

* * *

Quando pudemos finalmente nos abraçar, na casa de campo de minha filha Liana, a felicidade foi imensa. Erik e sua companheira Larissa levaram você. Logo chegou também Lilia, que não morava longe, e passamos um fim de semana delicioso, com direito a churrasco e caipirinha, no preparo da qual você se tornara exímio, conquistando muitos amigos na Itália. Quando Erik e Larissa voltaram a São Paulo, você ficou lá, curtindo a vida no campo, e Lilia vinha todos os dias para curtir nossa companhia e o sol do Brasil, de que tanto sentira falta, no terrível inverno pelo qual passara. Você gostava de ir à horta com Lianina, como chamava a Liana; dava pequenos passeios pelo terreno e pelo caminho que passa no meio da mata, observando tudo, admirando tudo como uma criança, a criança que, afinal, você era de fato, renascido da morte, sedento de vida.

À noite, víamos nossos velhos e queridos filmes, que nos levavam para trás no tempo, quando gostávamos de ver filmes juntos, para depois discuti-los, recordá-los, repetir as cenas mais dramáticas ou mais divertidas.

"*E il Conte di Monte Cristo, te lo ricordi, Lià?*", perguntou você numa daquelas noites, rindo. Era como você me chamava, Lià, de Liana, o nome que nosso pai havia querido me dar, com certeza a lembrança africana das lianas, os cipós que abundam, entrelaçando-se no sub-bosque das florestas tropicais. Mas não havia podido me dar aquele nome, naqueles tempos fascistas: 'Não há nenhuma santa com este nome', havia dito o padre ao me batizar, e sugeriu Liliana. E eu dei o nome Liana à minha filha, acreditando com isso que nosso pai, onde estivesse, ficaria feliz: mesmo depois de morto, a influência dele sobre mim continuava forte.

Mas, rindo, você havia perguntado sobre o Conde de Monte Cristo, e nós dois caímos numa gostosa gargalhada. Como não lembrar? Assistimos, você e eu, ao filme *O Conde de Monte Cristo*, no *Pidocchietto*, na Via Flamínia, numa sala do Palazzo Mazzetti, que havia sido adaptada a cinema. As cadeiras não eram suficientes para todos, e homens, mulheres e crianças assistiam de pé. Não havia restrição alguma, até mulheres com crianças de colo entravam, e davam de mamar aos filhos ali mesmo, embalando-os e embalando-se com as imagens que se sucediam na tela, que as arrancavam de seu mundo, fazendo esquecer as penúrias do dia a dia, na Roma do pós-guerra.

Durante o dia, passavam filmes para crianças, como *Tarzan* e *O gordo e o magro*, e produções cinematográficas de fábulas, como *Cinderela* e *Branca de neve e os sete anões*. Mas, à noite, passavam os colossos da produção americana, como *E o vento levou*. Passavam também filmes de Totò e Peppino De Filippo, que faziam rir, e os filmes do neorrealismo italiano, de Rossellini, de Vittorio De Sica, que faziam chorar, ao contar a ocupação nazista, em *Roma città aperta*, e a dura realidade do pós-guerra, em *Ladri di biciclette*.

Neles nos sentíamos os protagonistas, era nossa vida que desfilava naquelas imagens em preto e branco, e isso nos dava um certo orgulho, porque era nossa história, e era digna de ser contada. Tão nossa que uma noite você chegou em casa eufórico, e contou que se atrasara porque havia parado, no caminho, para assistir à rodagem de uma cena do filme *Ladri di biciclette*. "Estava lá Vittorio De Sica, eu o vi em pessoa!", você disse, não contendo tanta emoção.

Imagino que nosso pai, que achava bobagens os filmes de Totò e sempre criticava todos os outros, nosso pai, que só gostava dos filmes de Charles Chaplin, que só para esses abria seu sorriso, não correspondeu ao seu entusiasmo, não ouviu seu relato com a atenção que o momento exigia. Deve ter continuado com aquela cara carrancuda que usava em casa e, quem sabe, ao final deu de ombros, como se fosse coisa menor, não ia lá ele dar plateia para você! E nossa mãe deve ter seguido o exemplo dele, como sempre fazia.

Mas tudo isso são suposições de agora. No momento nem vi como eles reagiram, escutei de boca aberta o que você contava: "Eu estava perto de Ponte Mollo, quando vi uma aglomeração, e me aproximei curioso. E fiquei surpreso quando vi que estavam rodando a cena de um filme. Alguém me disse que aquele senhor, o diretor, era Vittorio De Sica. E na cena um menino devia chorar chamando o pai. Mas o menino não chorava e precisaram refazer a cena várias vezes. Então, De Sica pegou uma bituca do chão e, fingindo tirá-la do bolso do paletó do menino, gritou: 'Então você fuma? Vou contar a seu pai!' e o menino imediatamente desatou a chorar, chamando pelo pai, que estava assistindo à rodagem, e De Sica gritou 'Roda, roooda!', enquanto saía de cena.

Nunca mais esqueci aquele seu relato e o entusiasmo com que o contou, fazendo-me desejar ter estado com você, naquele momento tão especial. E olhei para você com admiração. Sempre achei você bonito: o rosto que parecia talhado em mármore de carrara, como das estátuas que se viam por toda Roma, a mecha de cabelo castanho que lhe caía levemente na testa, o nariz perfeito, os olhos esverdeados, o sorriso amplo, seu andar elegante. Acho que eu queria ser como você, quando crescesse.

Você me havia levado ao *Pidocchietto*, para assistir ao filme *O Conde de Monte Cristo*. No fundo da sala havia dois nichos altos com estátuas, você me havia posto num deles, e eu, segurando-me na estátua, via do alto toda a sala, apinhada de gente, e assisti ao filme gostosamente, sem precisar esticar o pescoço, como todos faziam. Verdade que, de vez em quando, o choro de alguma criança não deixava ouvir algumas palavras, mas as mães logo lhe davam o peito, e voltava o silêncio. As palavras perdidas não me impediam de entender a trama, ou, pelo menos, aquilo que eu entendia dela. A história daquele homem que havia sido traído, injustiçado e preso em Chateau d'If, mas que havia realizado a fuga impossível daquela prisão e voltado para fazer justiça, me fascinava ao extremo e eu fremia, abraçando com força a estátua, para não cair. Não deu outra: depois da última cena, com o Conde vitorioso, lá do alto gritei, com todos os meus pulmões: '*Viva il*

Conte di Monte Cristoooo!". Muitos olharam para mim, mas eu só vi seus olhos, que me fuzilaram, deixando-me muda. Você me ajudou a descer, dizendo entre dentes: "*Stai zitta!*".

Você já era moço, com seus quinze, dezesseis anos, sempre comportado, educado ao extremo, e sentiu vergonha pelo grito enlouquecido da irmã, chamando a atenção de todos.

Demos muitas gargalhadas daquela lembrança: "Saí do cinema de cabeça baixa, morto de vergonha, esperando que as pessoas não me reconhecessem. Era como quando voltava do trabalho e não descia no ponto do bonde em frente ao portão do quintal, onde ficava o barraco em que morávamos. Descia um ponto depois, para as pessoas não verem onde eu entrava, mas você não, era pequena ainda para sentir vergonha!".

* * *

Havia ocorrido algo extraordinário quando você estava internado no hospital de Cellere, um fato que você contou várias vezes, a mim e a todos os outros, e nunca se cansava de repetir: você estava em estado de inconsciência, e de repente percebeu que tudo ruía à sua volta, desmoronava como uma construção, tijolo após tijolo. Uma grande angústia tomou conta de você, não sabendo o que estava acontecendo, e de repente se sentiu aspirar profundamente o ar, conseguiu abrir os olhos e viu os médicos à sua volta, que lhe disseram: '*È stato per poco, signor Lilio!*'.

Sim, havia sido por pouco. Por uma fração de segundos você havia mergulhado na morte, por uma fração de segundos a morte havia sido algo concreto para você. E toda vez que contava esse fato, você repetia aquele aspirar profundo, que o havia trazido de volta à vida! Você não era apenas um sobrevivente do terrível vírus, você era um *revenant*, como dizem os franceses, alguém que regressara da morte.

Isso ocorreu uma vez mais, aqui no Brasil, quando se manifestou a terrível enfermidade, talvez consequência do vírus, pela qual seu organismo não produzia mais sangue. Não pôde mais ficar dias seguidos no campo, e sua vida se tornou um vaivém entre casa e hospital, onde tomava bolsas de sangue e injeções, que lhe causavam muitas dores. Quando a fraqueza e as dores aumentaram, seus dias de permanência no hospital aumentaram também: três dias, quatro dias, uma semana inteira.

Agora Erik trazia você só nos fins de semana, e nem sempre era possível. Ele e Larissa também dormiam lá e o levavam no domingo à noite para de novo ir ao hospital. Lilia também sempre vinha, mas também não ficava: ia para São Paulo, para estar a seu lado, em casa ou no hospital. Erik e ela sequer podiam se entregar à dor pela perda da mãe, temendo perder o pai também, em tão pouco tempo.

Mas, quando nos encontrávamos na casa de Liana, procurávamos não pensar em morte. Assim foi no Natal e no Ano Novo, que passamos felizes por estarmos juntos, embora tristes por saber que seriam os últimos dias com você. Mas não deixamos a tristeza nublar nossa alegria, e todos festejamos como se não houvesse amanhã. No Natal, todos juntos, preparamos *cappelletti* e *ravioli*, seguindo nossa tradição natalina, e você se encarregou de preparar a caipirinha, como sempre. Na noite de primeiro de janeiro, você se despediu dizendo: "A próxima reunião será no meu aniversário! Não falta muito, março já está aí!".

Na véspera, você havia conversado longamente com Lianina, enquanto passeavam pela horta; havia conversado longamente com meu neto Caio, enquanto o ajudava a arrumar uma calça; e longamente havia conversado com Hylio, meu filho. Ouvi quando você perguntou a ele: "Você acredita que existe algo depois da morte?". Havia ansiedade em sua voz, queria que ele lhe assegurasse que a morte não era o fim, como você sempre acreditou. Você buscava Deus, buscava uma saída que não fosse o nada. Hylio respondeu que não sabia como era além da vida, mas preferia acreditar que existia algo maior, após a morte. "Então você acredita!", disse você, com brilho nos olhos e esperança na voz.

Foi a última vez que nos vimos pessoalmente. Suas permanências no hospital se tornaram mais prolongadas, e foi numa dessas ocasiões que ocorreu sua segunda morte. Só que, dessa vez, fui eu a testemunhá-la.

Era de manhã e eu ainda dormia quando fui acordada por um estalido seco, que me obrigou a abrir os olhos. E então vi você, ao lado da minha cama, de avental branco, dentro de um tubo de luz. Uma fração de segundos: você virou a cabeça de lado, aspirou profundamente, e desapareceu.

Nunca uma visão havia sido tão nítida para mim. Fiquei transtornada, sem saber o que fazer ou pensar. Só sabia que você não havia morrido, por aquele gesto de aspirar, que o fez desaparecer da minha vista: você voltara ao seu corpo.

Mais tarde veio a confirmação: você havia acordado com todos os médicos à sua volta, como havia sido em Cellere, e eles, como em Cellere, lhe disseram: 'O senhor nos deu um belo de um susto, senhor Lilio!'. Você havia voltado da morte uma segunda vez, era um *revenant*, pela segunda vez. Não o foi na terceira, na madrugada seguinte ao dia do primeiro aniversário da morte de Maria.

* * *

"*Che dice la pioggerellina di marzo*, Lià?", perguntou você, brincalhão, depois de uma longa conversa sobre nosso pai. Eram dolorosas lembranças de um menino de poucos anos, e angustiadas perguntas do adulto, procurando respostas lógicas: "Por que partiu voluntário para a guerra da Etiópia, fazendo parte das tropas fascistas, ele que se opunha ao fascismo? Por que partiu, deixando a mulher e um filho pequeno? Como voluntário, ganhava um bom salário. Mas seria isso suficiente para justificar sua partida? E como podia contradizer tanto as próprias convicções? Era contra o fascismo, mas partiu voluntariamente com as tropas fascistas, apoiando aquela louca ideia de expansão territorial de Mussolini".

Mas não havia resposta lógica na vida de nosso pai: tudo nele era ambíguo, incompreensível, contraditório. Ele contava que desde moço, na aldeia perdida nos bosques da Calábria, onde nascera, alimentara ideias socialistas, ao ver a disparidade entre os barões, donos de quase todas as terras que se podiam enxergar, e os moradores da aldeia, praticamente quase servos, como na Idade Média. Ele e um amigo, que haviam terminado o primário com excelência, não haviam podido continuar os estudos. Só os filhos dos barões eram admitidos na escola média e podiam chegar à universidade. Os pobres, os miseráveis, deviam continuar a trabalhar a terra, deviam continuar ignorantes. E deviam dar graças a Deus por ter o curso primário completo. Os pais e os avós não haviam tido essa oportunidade. Que queriam mais? Mas nosso pai e o amigo, inconformados, decidiram continuar os estudos por conta própria. Com a ajuda de um poeta do lugar, entraram em contato com livrarias de Roma e começaram a pedir livros, que eles devoravam. Livros de todo tipo, de história, de geografia, de literatura. Até que um dia chegou para eles um livro traduzido do francês, de Victor Hugo, intitulado *Os miseráveis*, que reforçou as ideias dos dois quanto às injustiças sociais. Quando o fascismo começou a apertar o cerco, quando se tornaram mais duras as perseguições, quando se começou a ter medo de ser delatado pelo próprio vizinho, o amigo do nosso pai partiu para a Argentina, e tentou convencê-lo a partir também. Mas nosso pai não quis: contrariando todas as suas ideias e ideais, ingressou na *Arma Reale dei Carabinieri*, e partiu para Roma. Como explicar essa discrepância, essa contradição? Ele era contra o fascismo, e foi servi-lo. Não havia resposta plausível.

Anos antes, quando havíamos tentado conseguir uma pensão para nossa mãe, como havia feito Andriana, viúva de nosso tio Carmelo, nos encontramos diante de outra grande pergunta sem resposta. Tio Carmelo, na Segunda Guerra Mundial, fazia parte das tropas italianas que, ao lado das tropas alemãs, haviam ocupado a Grécia. Mas, quando a Itália assinou o Armistício com os Aliados, italianos e alemães de repente se viram inimigos, e os alemães começaram a caçar os soldados italianos. Tio Carmelo se escondera na casa de Andriana, mas acabou sendo capturado e levado para um campo de concentração na Alemanha, onde ficou dois anos. Tia Andriana tinha toda a documentação em ordem e conseguira a pensão, inclusive os atrasados, o que lhe havia permitido comprar um apartamento no centro de São Paulo, ao lado do Jardim da Luz. Por isso nos animamos, você e eu, a conseguir o mesmo para nossa mãe. Mas ela não tinha os documentos e nós não conseguimos encontrar sequer um rastro da passagem de nosso pai pela *Arma Reale dei Carabinieri*. Nada, nem da sua partida da aldeia, nem da guerra da Etiópia, nem dos lugares onde havia servido durante a Segunda Guerra Mundial, primeiro na Albânia, depois na própria Itália, na cidade de Sassoferrato. Nada, absolutamente nada, como se ele nunca tivesse sido *carabiniere*.

Parece que, afinal, encontramos a horripilante resposta a tantas perguntas angustiantes, mas isso foi depois, muitos anos depois, numa daquelas tardes no campo.

Mas, depois de tanta conversa, você perguntou, brincalhão: "*Che dice la pioggerellina di marzo, Là?*" e juntos declamamos os primeiros versos daquela poesia, que você decorou na quinta série do primário, e que eu também havia aprendido de tanto ouvir você repeti-la em casa:

> *Che dice la pioggerellina di marzo, che picchia argentina*
> *sui tegoli vecchi del tetto...*

E ali paramos. Não lembrávamos os versos seguintes, por isso não sabíamos o que dizia aquela chuvinha de março, que caía fagueira nos velhos telhados das casas. Mas voltavam à nossa mente os velhos telhados das casas antigas de Fratterosa, que ainda guardavam nossas horas mais felizes, os dias em que tínhamos o amor de *nonna* Gemma, e onde ainda moravam as fábulas que ela nos havia contado.

Era bom repetir aqueles três versos, deixar-se embalar por aquelas palavras, mas não lembrávamos a continuação, e ficava no ar aquela pergunta: "*Che dice?*", perguntava você, querendo saber agora que dizia aquela chuvinha da infância, na poesia que o acompanhara por toda sua existência.

E agora, Lilio, a encontrei, impressa na página virtual de um antigo livro escolar, talvez o mesmo em que você a leu criança. Talvez tenha sido você mesmo a me inspirar a busca, pois muitas vezes sinto sua presença enquanto escrevo, tanto que se poderia dizer que este é um livro escrito a quatro mãos. E aqui está ela, com a resposta que buscávamos: a chuvinha de março dizia que o penoso inverno havia passado, e a primavera estava às portas! Palavras de esperança para um menino, mas para um senhor de quase noventa anos, que vira passar tantos invernos, que podia dizer, a chuvinha de março?

Che dice la pioggerellina di marzo, che picchia argentina
sui tegoli vecchi del tetto, sui bruscoli secchi
dell'orto, sul fico e sul moro, ornati di gemmule d'oro?
Passata è l'uggiosa invernata, passata, passata![1]

Angiolo Silvio Novaro

* * *

Quando lembrávamos de nossa infância em Fratterosa, bastava uma palavra e já sabíamos todo o resto. Bastava dizer '*biscutín*', e lá vinha o sabor da Páscoa, naquele biscoitinho açucarado cheirando a limão; bastava dizer '*lupini*' e voltávamos a nos ver escondidos

---

1. Que diz a chuvinha de março, que cai fagueira / nos velhos telhados das casas, nos restolhos já secos / da horta, nos galhos da amendoeira / ornados de brotos dourados? / Passado é o penoso inverno, / passado, passado!

no meio de um campo de *lupini*, roubando-os para depois comê-los com a fatia de pão que você trazia no bolso; bastava dizer '*caciottina*' e lá estava *nonna* Gemma a nos dar às escondidas aquele queijinho miúdo e redondo, que deixávamos derreter devagarinho na boca, para prolongar aquele prazer indizível.

'Ciavattín' dizia você, 'Passón' dizia você, 'Caúccia' dizia você e, grudada nesses nomes, vinha aquela paisagem de campos de trigo e *lupini* entre as fileiras das vinhas, abraçadas aos pés de macieiras, de peras, de amoreiras, paisagem cuidadosamente construída ao longo dos séculos por mãos sábias e cuidadosas, semelhante às que Raffaello pintara atrás de suas Madonas.

Os *contadini* eram os mais afortunados, naquele tempo de guerra e carestia, porque tinham terra para cultivar e, portanto, coisas para comer. E sempre voltava a imagem de *nonna* Gemma carregando a sacola cheia de bondades — um pedaço de toucinho, um pouco de farinha de trigo ou de milho, uns ovos, às vezes até uma galinha para o almoço dominical —, quando ela ia lá nos *contadini* costurar sacos de guardar trigo para a colheita ou fazer algum outro serviço.

Nonna Gemma! Quanto amor nos havia dado! Soubemos de sua morte quando já haviam transcorrido vários dias, mas para nós morreu no instante em que recebemos a carta da Itália, e passamos aquela noite acordados, falando dela, como numa cerimônia fúnebre tardia, mas necessária.

Lembrávamos seu carinho, o único com que havíamos contado de fato, absoluto e incondicional, e nos dávamos conta de como aquele amor nos alimentava ainda, e nos alimentaria a vida toda: um amor que nos fazia acreditar no amor.

Falávamos dela e as lembranças chegavam em ondas contínuas, entre fatos e fábulas. E foi só então que revelamos um para o outro o segredo da *caciottina* e descobrimos que ela a dava às escondidas a nós dois, fazendo com que cada um acreditasse ser o preferido dela. "Grande sabedoria de *nonna* Gemma!", disse você.

Dizíamos, você e eu, o nome dos *contadini* — Caúccia, Passón, Ciavattín —, mas havia um outro, do qual não conseguíamos lembrar o nome. Tentamos várias vezes, e nada: aquele nome se recusava a voltar à nossa memória. Perguntei a nosso primo Maurizio, que vive em Fratterosa, mas ele repetiu os mesmos nomes que já sabíamos.

Mas por que tinha tanta importância, para nós, lembrar daquele nome? Era como um desafio, como se faltasse uma peça importante no quebra-cabeça da infância, que juntos reconstruíamos. Tentamos até o fim, e você partiu sem que o conseguíssemos.

Mas, poucos dias depois de sua morte, quando eu me encontrava naquele momento crepuscular em que emergimos do mundo dos sonhos, naquele sutil limiar entre o sono e o despertar, ouvi um sussurro em meu ouvido: "Gaétta!".

Entendi de imediato: era esse o nome tão procurado, e você o havia sussurrado em meu ouvido. Ainda atordoada, liguei para o Maurizio perguntando se havia existido um *contadino* de nome Gaétta, em Fratterosa. E ele disse que sim, que era um *contadino* de nome Gaetano, mas que todos chamavam Gaétta.

Era a peça que faltava, e agora nossa infância estava reconstruída por inteiro: você, de onde está, havia conseguido lembrar do nome tão buscado. 'Como, Lilio?', me perguntei várias vezes. E de repente veio a resposta, não sei como, mas veio: você está com *nonna* Gemma, só ela poderia ter dito esse nome, ela que conhecia todos os *contadini*, ela que a vida inteira havia trabalhado para eles! Sim, havia sido ela a acolher você em seus braços amorosos, e na certa lhe havia contado alguma fábula, daquelas que você não lembrava, e lhe havia dito aquele nome, de que também não lembrava.

E agora diga-me, Lilio, você que não acreditava em nada, você que tinha certeza de que a morte corporal era o fim de tudo, como é encontrar-se aninhado no colo daquela que foi nosso único consolo em nossa infância, e que continuou sendo, ao longo de toda nossa vida, o único recanto de certezas e de amor?

* * *

"*Fratello, mio fratello*... como era aquela fábula, Lià?"
Era a fábula de uma irmã e um irmão, filhos de reis, a mãe morreu e o pai se casou de novo com uma mulher que era uma bruxa. Quando o rei foi viajar, a bruxa

jogou a irmã no fundo de um poço, com duas crianças recém-nascidas, e transformou o irmão num cabritinho. E a irmã, do fundo do poço, dizia: '*Fratello, mio fratello*, cá estou eu debaixo d'água, com duas crianças nos braços, sem cueiros nem panos para aquecê-los!'. E o cabritinho, da boca do poço, dizia: '*Sorella, mia sorella*, para mim a faca afiam e o caldeirão já ferve!'.

"Como termina, Lià?" Termina que o jardineiro, ouvindo a conversa dos dois, vai avisar o rei, que havia voltado; os dois irmãos são salvos, a rainha é jogada na água fervente do caldeirão e no mesmo instante some o feitiço do irmão, que volta a ser um menino.

"Sabe, Lià, sempre achei esta fábula a mais triste de todas. Mesmo agora me entristece, ao trazer-me de volta uma lembrança em que me vejo como aquele pobre cabritinho. Sabe qual é, Lià? Morávamos em Fratterosa, eu devia beirar os quatro anos, e todos os meninos maiores, apenas me viam, diziam: '*Mangerai i confetti di tua madre*, Lilio?' e davam risada. Eu não entendia, mas sabia que se burlavam de mim, pelo modo como diziam aquelas palavras e pelas risadas, que caíam como pedras sobre mim. Eu chorava e corria para nossa mãe, mas ela nunca me explicava o porquê daquilo. Só dizia que eram uns moleques malcriados e que eu não devia prestar ouvidos. Mas eles continuavam a falar e eu a chorar. Eu nem sabia o que eram os *confetti*, só conhecia os biscoitinhos açucarados que nossa mãe fazia, e esses eu sempre comia. Demorou para eu entender: as noivas, na saída da igreja, jogavam *confetti* para as crianças, que esperavam lá fora e se arremessavam ao chão para pegar aqueles doces, que eram amêndoas recobertas por uma camada branca e açucarada, uma verdadeira delícia! Eram um sinal de bom augúrio para os noivos, como o arroz que se costuma arremessar sobre eles.

Demorou para entender que eu havia nascido antes de nossos pais se casarem, e não estavam ainda casados quando eu era objeto de burla de todos os moleques. Era uma vergonha muito grande naquela época! Os rapazes faziam questão de levar ao altar uma moça virgem, e as moças cuidavam muito da própria virgindade. Mas nossa mãe só cuidava de eu não saber a verdade, como continuou a vida toda, sobre todas as coisas.

Nossos pais se haviam conhecido em Roma, para onde nossa mãe havia ido morar, na casa de uma prima. Ela detestava a vida naquele lugar pequeno, e achava que na grande cidade tudo seria diferente, tudo seria uma maravilha: os rapazes, os passeios, os cinemas, as grandes lojas luxuosas! E conheceu o belo *carabiniere*, alto, elegante em seu uniforme, os grandes olhos negros e penetrantes, os cabelos espessos e pretos, o charmoso sorriso cativante, que o faziam parecido a Rodolfo Valentino, o famoso ator de cinema que encantava todas as moças daquele tempo. Ela havia encontrado em nosso pai aquele ator, sem imaginar que, de fato, estava diante do melhor ator, porque os atores fingem em seus papéis nos filmes, mas ele fingia na vida real!

Nossa mãe, que fugiu da vida na aldeia, pagou caro seu desejo de ser uma mulher da grande cidade ao voltar para a aldeia de barriga, sendo expulsa pelos irmãos e tendo de procurar um refúgio em Roma, onde nasci. Depois, *nonna* Gemma, indo contra os filhos, nos acolheu, a mim e a ela, e lá fui eu para Fratterosa, filho de mãe solteira.

Depois se casaram, nem sei quando, porque não houve *confetti*, nem saída de uma igreja! Casaram-se, mas aquela dor de criança, aquela ofensa que caía sobre mim, sem que eu tivesse culpa, continuou viva e ainda dói, na lembrança. Foi o carinho de *nonna* Gemma que me salvou, que preencheu minha necessidade de amor! Nossa mãe nunca me deu carinho, e sempre apoiava nosso pai em tudo. Será que ela se sentiu tão grata a ele por ter-se casado com ela? Será que, por isso, se sentia na obrigação de apoiar tudo que ele fazia, mesmo estando errado, e ser tão submissa, tão dominada e ter tanto medo dele?"

Foi então que lhe contei uma lembrança dos meus dez, onze anos, da qual hoje sinto muita vergonha. Vivíamos já em San Francesco, onde havia aquela sala espaçosa, com uma grande mesa no meio. Lembro até que você andou de bicicleta em volta dela, logo que nos mudamos, só para constatar como era grande a nossa sala. Um dia, não lembro por qual motivo, nossa mãe me deu um tapa, coisa de nada, nem doeu, mas eu soltei um 'Ai!', como se tivesse doído. E nosso pai, sem verificar do que se tratava, se arremessou sobre ela, com furor nos olhos. Apavorada, ela começou a correr em volta da mesa e ele atrás dela, com as mãos estendidas. Ela gritava e eu olhava com satisfação. Hoje, quando lembro daquela cena, vejo nosso pai como um corvo, um enorme e negro corvo, com as garras estendidas sobre sua frágil presa. E penso em como fui cruel, em como podem ser cruéis as crianças.

* * *

"Lià, você se lembra da voz de *nonno* Gibilín?", perguntou você, numa tarde chuvosa. Não, nem você nem eu lembrávamos de tê-la ouvido alguma vez. "Nós o chamávamos *nonón*, e poderia parecer que se tratava de um homem grande, alto e forte. Mas Gibilín era pequeno, baixinho, e aquele seu jeito de caminhar sempre curvo, com as mãos atrás, o fazia parecer menor ainda. Mas seu apelido ficou: até hoje, em Fratterosa, quem gosta de vinho mais do que o costume é chamado Gibilín."

Seu nome era Giuseppe, poderiam tê-lo chamado Peppe ou Peppino, mas inventaram Gibilín, tão leve, quase aéreo, gostoso de falar. Mas *nonón* nunca falava. Podia-se pensar que não havia boca debaixo daquele farto bigode branco, mas devia haver, porque era por ali que comia e, principalmente, bebia. Gibilín bebia muito, mas não era desses que bebem e logo se embebedam, caindo pelos cantos. Ele conhecia bem a arte de beber, bebia mais de vinte copos de vinho ao dia, mas nunca o viram bêbado, andando aos tropeções, falando bobagem ou rindo à toa. Quando bebia, e isso ocorria todos os dias, ficava ainda mais calado, se isso fosse possível, e ia dormir tranquilo.

Eram muito diferentes, *nonna* e *nonón*. Ela falava o tempo todo, falava até sozinha, baixinho, resmungava ou, quem sabe, dizia suas preces, pensando nos filhos, que haviam partido para a guerra e, à noite, era sua voz que embalava nossos sonhos, com suas fábulas.

Quando chegávamos em sua casa, *nonna* vinha nos abraçar e nos enchia de beijos, sem parar de falar, ao passo que *nonón* nos olhava fixo, sem dizer nada, e saía de perto, para disfarçar as lágrimas que brotavam soltas dos seus olhos, que pareciam dois pedacinhos de céu azul.

Enquanto teve força nos braços, Gibilín trabalhou naquilo que era o ofício mais comum naquela época: a terracota. Depois os braços não aguentaram mais, mas as pernas sim. Por isso, durante a guerra, se encarregava de entregar as cartas, que chegavam do front, a todos os *contadini* da redondeza. Caminhava o dia inteiro, sempre devagar, olhando o chão com as mãos nas costas, e os *contadini* esperavam ansiosos sua chegada, porque todos tinham filhos na guerra. Ele entrava, entregava a carta, bebia um ou dois copos de vinho, que sempre havia na mesa, às vezes bebia um terceiro, e ia embora, sem dizer uma palavra. Ia para outros *contadini*, e na casa de todos, em silêncio, entregava a carta e bebia mais vinho, até terminar todas as cartas, e voltava silencioso para casa.

"Mas *nonón* parecia outro, quando matava os porcos. A gente sabia pelos berros medonhos, que os coitados soltavam. Sentiam a morte, e berravam de um jeito que punha medo. Nós crianças fugíamos, tapando os ouvidos. Mas uma vez fui espiar, depois que os berros pararam, e vi *nonón*, com o avental branco sujo de sangue e uma faca ensanguentada na mão, ao lado do porco, pendurado no teto. *Nonón* parecia até mais alto, tão diferente do *nonón* de todo dia, que senti medo dele, e pensei que no fundo ele era um homem mau. Como podia ele, que chorava à toa, matar tantos porcos, sem soltar uma lágrima? Saí de lá correndo, e perguntei para *nonna* se *nonón* era um homem mau. Mas *nonna* disse que não, que matar os bichos fazia parte da vida, que se matava para comer, que era o destino daqueles pobres bichinhos, que ela também matava galinhas, e nossa mãe também, e todas as mulheres de Fratterosa, e todas davam graças a Deus quando tinham uma galinha para matar. Era assim que se vivia, não era uma questão de ser bom ou mau. Maus eram os homens que faziam as guerras, e isso ela não conseguia entender. As guerras, sim, eram coisa ruim, porque na guerra os homens matam uns aos outros, mesmo sem saber o porquê, apenas seguindo as ordens dos governantes. E ela ficava triste, pensava nos três filhos que estavam no front, se virava para o fogo, enxugava as lágrimas com o avental e dizia que as cinzas lhe haviam entrado nos olhos!"

* * *

Você voltou do passeio com Lianina segurando uma pedra na mão, e me perguntou: "O que é isto, Liá?". *'Un sasso!'*, respondi. E você caiu numa gargalhada: "Mas não é Sassoferrato!". Você tinha um espírito brincalhão, sabia fazer humor com as mínimas coisas, com associações de palavras. "Você se lembra de Sassoferrato, não é? Ficamos um tempo naquela cidade, durante a guerra, onde nosso pai, como *brigadiere dei carabinieri*, era responsável por um grupo de presos políticos, confinados no Convento de Santa Croce! Lembra, não é? Você até ganhou uma boneca de um daqueles presos!"

Eu tinha lembranças muito nítidas daqueles dias em Sassoferrato, da boneca a quem furei os olhos, do casaco do nosso pai que os *carabinieri* vestiam em mim, dobrando as mangas, me punham em cima de um banquinho e ficavam de joelhos à minha frente, obedecendo às ordens que eu dava, fingindo ser nosso pai. Essas lembranças se haviam tornado um capítulo do meu livro *A última fábula*, que você demorou a ler, porque os soluços não deixavam. Só havia conseguido ler, na versão italiana, naqueles dias de espera em Cellere, quando havíamos reatado nossa fraternal amizade, quando sentimos que aquelas lembranças comuns nos uniam mais que o próprio sangue. Você chorara ao ler, mas havia conseguido ler os primeiros capítulos e havia deixado o livro no criado-mudo de Cellere. Foi lá que o encontrou Lilia, com o convite para o lançamento do livro marcando a página 67. No convite, a foto de meu rosto de menina, tirada em Sassoferrato, naquele agosto de 1943.

E foi nesse momento, Lilio, que contei a você que dois estudiosos da Segunda Guerra Mundial, moradores de Sassoferato, após ler aquele meu livro, me procuraram em Fratterosa. Há tempo suspeitavam que havia existido um campo de concentração no Convento Santa Croce, em Sassoferrato. Mas não tinham nenhuma prova e, quando leram o livro, quiseram saber mais e perguntaram se eu tinha fotografias. Na viagem seguinte, levei as fotos e eles finalmente puderam escrever o artigo sobre o campo, tendo agora provas concretas, o meu relato e as fotografias, que publicaram numa revista.

Você disse que queria ver aquelas fotos. A revista estava na casa de Lianina, e assim pudemos vê-las, nós dois juntos: a do nosso pai jogando bochas com os *carabinieri*; aquela em que você também joga bochas com eles e eu estou no colo de um *carabiniere*; a outra, de nós quatro, você ao lado de nossa mãe, eu encostada em nosso pai, que me segura pelos ombros; e, enfim, a foto de nós dois, caminhando de mãos dadas, nos arredores do convento, com a data embaixo: agosto de 1943.

"Então nós entramos para a história!", exclamou você. Sim, Lilio, entramos para a história, mas não nos livros da história oficial, que só contam os fatos que interessam, e os contam vistos de longe, baseados em documentos. Os padecimentos vividos e sofridos pela população em carne própria, esses não interessam à história oficial, nunca interessaram. Esses só poderiam ser encontrados nos relatos pessoais, que pululam no fim da guerra, todos querendo contar a própria história, a própria terrível experiência, a própria dor. Lá se encontraria a história verdadeira.

Você disse que iria ler o artigo mais tarde, agora não cansava de olhar as fotos, que retratavam um tempo em que tudo parecia sob controle, sem imaginar o que viria depois.

* * *

Depois veio o armistício da Itália com os Aliados, assinado em setembro de 1943. O rei fugiu; Mussolini, com os fascistas e os nazistas, fundou ao Norte a República de Saló, dando início à guerra civil, na Itália dividida em duas partes, separadas pela Linha Gótica, que, do mar Tirreno ao Adriático, passava pelo lugar onde nós nos encontrávamos. Os fascistas convictos aderiram à República fundada por Mussolini. Outros, pegos de surpresa pela súbita mudança da situação, não sabiam o que fazer. O exército italiano se desmantelou. Muitos soldados se apresentaram aos superiores, que lhes davam baixa e os mandavam para casa, tornando-se renitentes, caçados por alemães e fascistas. Muitos civis entraram para a luta de Resistência, tornando-se *partigiani*, que faziam guerrilha contra fascistas e nazistas, apoiados pelas forças aliadas, que haviam entrado pela Sicília, e se dirigiam para o norte, expulsando os alemães. Foram as lutas mais sangrentas, não mais no front da guerra, mas no próprio território italiano, nos campos, nas casas, nas aldeias, nas grandes cidades do norte.

"Naquela ocasião, nosso pai pôs em perigo a família toda. Na confusão após o Armistício, ele não se apresentou aos superiores, pedindo orientação, e não deu baixa. Deixou fugirem os presos políticos do campo de Sassoferrato, e fugiu também, refugiando-se em Fratterosa. Ele contava isso como se conta um fato glorioso: havia tomado uma atitude contra os fascistas! Seria glorioso, se realmente tivesse lutado, se tivesse se tornado um *partigiano*, como os que realmente lutavam contra fascistas e alemães, arriscando a própria vida para salvar a Itália. Mas ele se tornou um desertor, procurado por fascistas e alemães, e até pelos *partigiani*, pois até então havia servido ao regime. Mas em Fratterosa era bem-visto por todos, e ninguém o denunciou. Todos o protegeram. Logo que chegou, sabendo das manobras militares e do avanço do front, juntou um grupo de homens, entre eles os soldados renitentes, e escavaram duas grutas, num barranco invisível da estrada por onde passaria o exército alemão, acossado pelos Aliados. Cobriram as entradas com galhos, e esperaram o momento certo de se esconder lá.

Estávamos sempre prontos a fugir. E quando um dia nosso pai ouviu o barulho inconfundível das motos das SS chegando em Fratterosa, mandou que eu fosse ver se estavam entrando na aldeia. Nem nisso ele se arriscou, mandou a mim, acreditando que as SS não atirariam num menino. E eu os vi entrando na aldeia, os vi da esquina, quando já estavam embaixo do arco de entrada. Na outra esquina estava um velhinho, que espiava com os olhos arregalados de terror. Com certeza as SS nos viram, porque deram uns tiros de metralhadoras no chão, que fizeram um estrondo medonho, ecoado pelo arco. Cheguei em casa com o coração na boca, e logo todos saímos pelo lado oposto de onde eles chegavam, e corremos agachados no meio de um campo de milho. As SS, de cima da muralha, vendo o milho se mexer, atiravam com suas metralhadoras, e as balas passavam por cima das nossas cabeças. Acho que eles não atiravam para matar, porque viam que havia mulher e crianças. Atiravam para assustar. E nós estávamos assustados mesmo, mas conseguimos chegar até as grutas, onde os renitentes já estavam escondidos, com a entrada devidamente camuflada. Não havia outras famílias lá, só os renitentes, que precisavam realmente se esconder. Ele também precisava se esconder, mas a família, não. Onde tinha a cabeça, aquele homem? E se os alemães descobrissem as grutas? Na certa, metralhariam todo mundo! Que pensar de um homem assim? Não consigo encontrar nada positivo na vida dele, e eu gostaria tanto de ter pelo menos uma lembrança boa! Que criança não quer se orgulhar do próprio pai?"

* * *

Estávamos na horta, no meio de tomates graúdos e vermelhos, e você disse: "Eram assim os tomates de Fabriano, Lià?". Não, os tomates que você colhia no campo abandonado, ao lado da estação de Fabriano, eram pretos de fuligem. Mas ficavam vermelhos à medida que você os esfregava na água de uma bica que havia ali perto. E nossa mãe esperava, sentada embaixo da tenda feita com um cobertor de soldado, que era nosso abrigo, enquanto esperávamos um trem para Roma.

"Quantos dias teremos ficado acampados lá? Quatro, cinco? Os trens passavam apinhados de gente, todos de cara preta de fuligem como os tomates, as pernas penduradas para fora, porque eram trens de carga. Toda vez que avisavam que ia chegar um trem, nosso pai e eu levávamos todas as nossas coisas ao lado do trilho onde o trem pararia, na esperança de que houvesse lugar. Mas nunca havia, e então trazíamos tudo de volta para nosso acampamento. Era uma agonia, todos os dias. Até que nosso pai, furioso, resolveu partir de qualquer jeito, espalhando as coisas pelo trem. Lembra-se disso? A bicicleta ficou pendurada entre dois vagões, e o resto jogado onde foi possível. Quando o trem parava na estação seguinte, nosso pai e eu corríamos na plataforma para tentar juntá-las.

Quando chegamos em Roma, fomos morar naquele barraco de tábuas velhas e tortas, que ajudei nosso pai a construir, encostado ao muro do vizinho, no quintal de nossa tia Stamura, irmã da nossa mãe. Eu tinha catorze anos, e logo fui trabalhar numa das melhores alfaiatarias da cidade. Iniciei como ajudante e aprendiz. Era o primeiro a chegar na loja: devia pôr tudo em ordem e aquecer os ferros a carvão, balançando-os com o braço, um a um, até atingirem a temperatura certa, prontos para quando chegassem os alfaiates. E era o último a sair, depois de recolher os retalhos, esvaziar os ferros, varrer o chão, conferir se tudo estava em ordem, baixar a porta ondulada e passar o cadeado. No início não recebia nada, ou quase nada, porque aprendia o ofício, mas, com minha dedicação ao trabalho, logo me tornei alfaiate. O dono da alfaiataria gostava muito de mim e disse que eu poderia ser modelo e participar dos desfiles, que ele realizava uma ou duas vezes ao ano, se eu fosse um pouco mais alto!"

'Que pena!', pensei quando você contou, naquele tempo. Como seria lindo ter um irmão modelo, que desfilava nas passarelas, para apresentar os novos lançamentos. Eu contaria para todas as minhas amiguinhas!

E acabei contando, mesmo sendo mentira! Foi quando minhas coleguinhas começaram a rir de mim, na fila de entrada da escola, pelo modo como eu estava vestida, naquele dia. Você, por acidente, havia queimado um paletó invernal. Certamente, seria descontado do seu salário, mas o paletó agora era seu. Não sei onde queimou, mas era preciso diminuir a peça para ser aproveitada. O único modo possível foi fazer um paletó para mim, e mamãe pediu que você o fizesse num tamanho grande, para eu poder usá-lo mais tempo, à medida que crescesse. E lá estava eu, na fila da escola, com aquele casaco masculino de pano pesado, cinza, de espinha de peixe, que quase me alcançava os pés, as mãos cobertas pelas mangas. Realmente não me sentia cômoda dentro daquele casaco, mas fazer o quê? Fazia frio e mamãe me mandara para a escola vestida daquele jeito. Quando percebi que todas as minhas amiguinhas me olhavam de maneira estranha, cochichavam e davam risada, não tive dúvida e falei bem alto: 'O que há para rir? Esta é a última moda! Foi meu irmão que fez, ele é alfaiate e sabe das novidades que se usam agora! E saibam que ele vai desfilar como modelo!'. Não sei se acreditaram, o fato é que ficaram caladas, e eu a aguentar aquele vexame nos ombros!

* * *

Foi uma novidade e tanto quando nosso pai chegou em casa com aquele rádio grande, de madeira lustrosa, um contraste gritante com as velhas tábuas tortas do barraco, entre as quais, no inverno, era preciso pôr jornais, para que não entrasse o vento gelado. Para mim foi uma verdadeira maravilha ouvir música e vozes saírem daquela caixa, e não sei por quanto tempo acreditei que eram homens e orquestras minúsculos, que estavam lá dentro, e falavam e tocavam para nós.

"Nosso pai comprava livros e nossa mãe reclamava, pois não havia dinheiro suficiente para comprar comida. Mas ele não ligava, e um dia comprou aquele rádio, dos maiores que havia. Sabe por que o comprou tão grande? Era para ouvir a Rádio Moscou! Lembra, não é?"

Toda noite dormíamos ouvindo aqueles discursos, que começavam sempre com as mesmas palavras: '*Lavoratori di tutto il mondo, unitevi!*', e continuava a conclamar os trabalhadores do mundo inteiro a se unirem contra os patrões, para acabar com a classe dominadora, e trazer a justiça para todos. Nosso pai acreditava no comunismo, não perdia os discursos de Togliatti em Piazza del Popolo, e sempre me levava com ele, em sua bicicleta, e me dizia que, se aquele homem ganhasse as eleições, traria justiça entre os homens, não haveria mais ricos e pobres, mas todos iguais, casa e trabalho para todos. E eu, claro, acreditava. Mas, quando gritei aos quatro ventos que eu também era comunista, ele me deu um tapa daqueles que não se esquecem.

"Um tapa em você? Mas por quê?". E eu contei a você que uma vez as freiras iam levar as meninas do Catecismo para conhecer o Papa. Poderiam me levar também, mesmo eu não estando no Catecismo, mas nosso pai não deixou. Nossa mãe até implorou. Nada, não deixou! E eu fiquei com inveja, quando vi as meninas subirem felizes no ônibus. Uma inveja que aumentou quando voltaram, mais felizes ainda, falando do Papa, da Praça de São Pedro, das colunas que a rodeavam, da multidão que estava lá: 'Se você visse! Se você visse!', diziam elas sem parar, até que, de tanta inveja, comecei a dar de ombros e a dizer que eu não me importava com tudo aquilo, que nem ligava para o Papa, porque eu era comunista. E comecei a gritar

'Abaixo o Papa! E vivam os comunistas!'. E continuei a gritar, saltitando, em direção ao nosso barraco. Mas não cheguei a entrar, a mão de nosso pai saiu de dentro e me deu um tapa que me fez dar meia-volta, e quase me derrubou ao chão. E eu que pensava que ele ficaria orgulhoso de mim! Realmente não consegui entender, naquele momento. Era o segundo tapa que me dava. Quando eu era menorzinha, ele me havia dado um tapa na bunda com tamanha força que me levantou do chão, e de tanto medo fiz xixi na mão dele.

Eu soube depois que o motivo daquele tapa na cara era a casa que nossa mãe havia conseguido, em San Francesco. Fazia tempo que, toda manhã, ela enfrentava as longas filas dos sem-teto para conseguir uma casa num dos *villaggi*, que construíam na periferia de Roma. Ela ia sempre com a mãe de Maria, pois eram muito amigas, além de vizinhas. Saíam bem cedo, e muitas vezes voltaram desiludidas, até que enfim as duas conseguiram a tão desejada casa. E as duas famílias continuariam vizinhas, na nova casa, na mesma rua, uma quase de frente para a outra. Nosso *villaggio* estava sendo construído com fundos do Vaticano e, se soubessem que nosso pai tinha ideias comunistas, poderiam retirar o nome da nossa mãe da lista. Ele poderia ter-me levado para dentro e me explicar. Mas não. Preferiu o caminho mais curto e certeiro: o terror.

"O mesmo que ele havia feito comigo quando escrevi *farvalla* em vez de *farfalla*. Fez com que eu me estapeasse, sem me mostrar o erro. Um covarde, um canalha! Sempre com duas caras, uma para usar em público, outra em casa. Falava de fraternidade e compreensão entre os homens, e não tinha o mínimo de compreensão com os filhos, nos tratava como o mais feroz dos tiranos! E contava com o total apoio da nossa mãe! Eu trabalhava o dia todo, saía cedo e voltava tarde. E nunca soube nada do que acontecia em casa. E nossa mãe nunca contaria. Eu não sabia daquele tapa em você. Nunca soube que ele batia em você! E sempre tive tanto ciúme e até raiva de você, porque era a queridinha dele!"

Você esperou um pouco para deixar passar a raiva. Passar momentaneamente, porque nunca passou, e você a levou, quando partiu. Mas, naquele momento, você se acalmou e disse, rindo: "Mas você era muito espalhafatosa mesmo. Até no cinema aprontou aquele escândalo, que me fez morrer de vergonha!".

* * *

O *Villaggio* San Francesco, onde nossa mãe conseguira a tão desejada casa, ficava na área conhecida como *campagna romana*, ampla e plana, onde se encontram as ruínas da antiga Ostia, o porto por onde entrava toda a mercadoria para a Roma Imperial, levada para a capital por barcaças, que subiam o Tibre.

Mas, ao longo dos séculos, o rio e o mar fizeram seu trabalho de acumulação de sedimentos, e o antigo porto ficou afastado do litoral, perdendo sua função, e é hoje

Ostia Antica, em contraposição à atual Ostia Lido. A área foi se degradando, tornando-se selvagem e insalubre. Nela se praticava a caça ao javali e vagavam pastores de ovelhas, que no verão se refugiavam nas colinas mais altas, fugindo da planície alagadiça, reino da malária.

Foi saneada e colonizada nas primeiras décadas do século XX por Mussolini que, em sua 'batalha do trigo', substituiu a paisagem agreste pela geometria dos campos, cortados por estradas retilíneas, ladeadas por fileiras de pinheiros, os *pini romani*, soberbos sobre trigais e pastagens de ovelhas.

Ao mesmo tempo, haviam sido criados núcleos de casas populares, como Acilia, projeto que foi retomado e ampliado no segundo pós-guerra, com a construção de vários *villaggi*, para abrigar os milhares de sem-teto que, terminado o conflito, haviam afluído à capital.

Foi muita felicidade, a nossa, quando nos mudamos para o *Villaggio San Francesco*, onde tudo era novinho, todas as casas brancas debaixo dos telhados vermelhos, umas térreas, outras sobrados, todas com um pedaço de terra para cultivar e um espaço para criar galinhas.

Todos sentiram o gosto de ter finalmente uma casa. A maioria vinha do Sul, a região mais pobre da Itália pobre do pós-guerra, que em Roma se haviam ajeitado em barracos, debaixo de pontes, aquedutos e até em grutas, que chegavam a abrigar mais de três ou quatro famílias. Entre essas pessoas mais necessitadas haviam sido distribuídas as casas localizadas na periferia da cidade.

As casas pertenciam à Prefeitura de Roma, todos tinham um contrato de uso, pelo qual pagavam um aluguel bem barato, praticamente simbólico, que nunca mudou no decorrer dos anos. As casas não podiam ser vendidas, mas todos tinham a certeza de que ninguém as tiraria deles.

Nossa casa era térrea, com uma ampla sala, dois quartos, cozinha, banheiro e um terraço em toda a extensão da casa, onde era instalado o tanque. À frente havia um terreno, onde mamãe fez um pequeno pomar — uma figueira, um pessegueiro, uma pereira — reservando uma parte para plantar favas, ervilhas e alcachofras, e outra para flores. Atrás da casa também havia um pedaço de terreno, com uma construção em cimento, para criação de galinhas ou coelhos.

Logo foi construída também uma igreja, onde todos se sentiam na obrigação de assistir missa aos domingos, pois o padre sempre lembrava que aquelas casas haviam sido doadas pelo Vaticano, e era preciso ser bom cristão. Ao lado da igreja, um campo de futebol, onde os rapazes jogavam depois da missa.

Duas casas foram adaptadas para moradia das freiras, que davam aulas de Catecismo a todas as crianças, preparando-as para a Primeira Comunhão, ensinavam as meninas a bordar, ensaiavam pequenas peças de teatro para serem apresentadas no fim do ano. E era lá também que distribuíam roupas usadas, que chegavam como doação, principalmente da América. Todos nós fazíamos fila para receber alguma peça: um agasalho, um vestido, uma blusinha, um casaquinho. Foi lá que recebi um casaquinho branco, a peça mais linda do meu vestuário, que usei por muito tempo e com o qual tirei a foto do meu passaporte.

De tempos em tempos, vinham assistentes sociais visitar o *villaggio*. Todos as chamavam '*le signore*', porque estavam sempre bem-vestidas, o que contrastava muito com as pobres roupas das moradoras. Visitavam todas as casas, verificavam se estava tudo em ordem, davam orientações às mulheres quanto à limpeza, aos cuidados pessoais, e como cuidar de hortas e jardins. Nossa mãe era sempre premiada pela ordem e pela limpeza. E foi nossa casa a escolhida para receber o Prefeito de Roma, numa visita que faria ao lugar, e nossa mãe a encarregada de preparar o almoço para ele e a comitiva.

Logo surgiu também uma lojinha, onde se encontrava de tudo para o dia a dia, e com o tempo montaram um pequeno ambulatório, com uma enfermeira sempre de plantão e um médico que, se não me engano, vinha duas vezes por semana.

Quase todos, entre as pessoas com mais idade, eram totalmente analfabetos, ou haviam cursado só até o terceiro ano do primário. Fazia exceção o *maestro*, professor primário que fora removido de uma escola da Calábria para Roma. Ele veio sozinho, para ocupar o cargo na nova escola, em Acilia, e a família o alcançou depois. Como outros recém-chegados à capital, moraram em condições precárias, até conseguirem a casa no *Villaggio* San Francesco. Foi o *maestro* que pensou em montar uma escola noturna para adultos, contando com a ajuda de nosso pai, de quem se tornara amigo, e com quem sempre jogava cartas ou bochas. Tudo parecia tão bonito e a vida tão perfeita!

* * *

Naquela tarde, foi minha vez de perguntar: 'Você lembra-se do dia em que me fez voar?'. Você não lembrava, mas ficou eufórico quando lhe contei, disse que era como um presente que eu lhe dava naquele dia, passados tantos anos, e me pediu para escrevê-lo!

Quando nos mudamos para San Francesco, o local do seu trabalho ficara longe. Antes, bastava pegar o bondinho e chegava em poucos minutos, ou podia mesmo ir a pé, como você fazia para economizar o dinheiro da passagem. Mas agora devia tomar o trem até a estação Ostiense, em Roma, e depois mais duas conduções, acho. Mas você sabia ir sozinho, só precisava se levantar mais cedo.

Também minha escola ficara longe, mas eu não sabia ir sozinha, e assim era nossa mãe que me levava todos os dias. Eu frequentava a quinta série do curso primário. Por sorte estávamos quase no fim do ano escolástico e logo chegaram os exames finais.

No dia do meu último exame, não sei por qual motivo, nossa mãe pediu que você me levasse para a escola, não muito distante do lugar do seu trabalho. Pareceu-me que você não gostou muito. Mas que fazer, senão obedecer?

Você, com suas pernas longas e ágeis, começou a caminhar rápido, e me custava acompanhar seus passos, por isso praticamente corria a trote miúdo a seu lado, carregando nos braços meu material escolar.

Caminhamos por um trecho pela Via del Mare e, quando chegamos ao desvio para a estação, ouvimos o apito do trem. "*Corri!*", disse você. Mas eu, aterrorizada pelo medo de perder o trem, caí no choro. "*Corri!*", você repetiu. Mas eu, totalmente dominada pelo medo, me agachei, soluçando alto e apertando forte meus cadernos contra o peito.

Foi então que senti sua mão agarrar e segurar firme meu avental nas costas, abaixo da nuca, e me vi forçada a levantar e correr. Depois de dois ou três passos, senti que a terra me sumia debaixo dos pés, e eu a buscava, dando passos desesperados no ar. "Fique quieta!", disse você. E só então me dei conta de que estava voando, levantada do chão pelo seu braço direito, enquanto você corria à toda.

"Tomamos o trem?", perguntou você. Certamente chegamos a tempo, porque fiz meu exame final. Mas eu não lembrava. Minha memória se havia bloqueado naquele momento mágico, na imagem de seu belo rosto contraído no esforço de cortar o ar, e naquela sublime sensação de voar, como se você me tivesse dado asas! Você ficou muito emocionado e, sem se importar com as lágrimas que escorriam felizes pelo seu rosto, pediu: "*Scrivilo, Lià!*".

* * *

Poucos eram os que estudavam, em San Francesco. Quase todos chegavam até o quinto ano do primário e paravam. Só uns três ou quatro, naquele tempo, continuaram a estudar, ingressando na escola média, e, entre todos, eu era a única menina.

Todas as meninas, terminado o curso primário, passavam a ajudar a mãe nos afazeres domésticos ou a cuidar da casa e dos irmãos, enquanto a mãe ia trabalhar em alguma casa, em Acilia ou em Roma, como empregada.

Éramos todos pobres e manter um filho nos estudos era um luxo e, quando as condições o permitiam, era sempre um filho homem, geralmente o menor, que continuava os estudos, enquanto todos os outros trabalhavam. Essa era a regra geral, e nosso pai a havia rompido, indo contra todos.

Muitas vezes ouvi nossos pais discutirem por causa disso: nossa mãe achava que eu precisava aprender a cuidar da casa, cozinhar, lavar, passar as camisas, assim como ela fazia, e nosso pai insistia em dizer que tudo isso eu aprenderia quando se fizesse necessário, mas agora não poderia perder tempo com essas coisas, pois tinha de estudar. E uma vez o ouvi discutir com os pais de Maria, que vinham nos visitar todas as noites: 'Se fosse menino, tudo bem. Mas uma menina? Ela poderia muito bem ser costureira, como nossas filhas!'. E nosso pai encerrou a conversa batendo o punho na mesa: 'Ela estuda, e pronto!'.

Nosso pai era duro com todos, quando o criticavam por me manter nos estudos. E era ainda mais duro comigo, para que eu levasse a termo o projeto de vida que ele desenhara para mim e, atento, procurava podar, sufocar, eliminar da minha vida tudo que pudesse me distrair dos estudos.

Um dos meus sonhos era dançar, subir na ponta dos pés e rodopiar com graça, como havia visto fazer a bailarina no filme *Luzes da Ribalta*, de Charles Chaplin, que havia assistido num cinema de Roma, com nosso pai. Mas sabia que isso nunca se tornaria realidade, pois, mesmo que tivéssemos os meios econômicos, nosso pai nunca me deixaria dançar. Nem o filme de Chaplin o convenceu, como ficou provado na ocasião em que tive a chance de realizar aquele meu sonho.

Todo final de ano, nós meninas apresentávamos um espetáculo de ginástica rítmica com arcos, no campinho de futebol de Ostia Lido, onde ficava a escola. Mas, naquele ano, o último da escola média, a professora de ginástica iria apresentar uma dança clássica, com as alunas mais aptas, que deveriam ficar um tempo a mais na escola para ensaiar. Eu estava entre elas. Não me contive de felicidade: finalmente eu calçaria sapatilhas e aprenderia a rodopiar com elas.

Pela primeira vez pensei em mentir a nosso pai, dizer a ele que se tratava da apresentação de uma récita: isso ele deixaria, pois queria que eu aprendesse a falar em público, pois disso precisaria, quando fosse professora.

Mas não consegui mentir, de qualquer forma ele descobriria no final do ano, e seria pior. Falei a verdade, e nosso pai, como esperado, não deu seu consentimento. Eu disse que fazia parte do encerramento do ano escolástico, que era como a apresentação da ginástica rítmica. Não adiantou. Nem adiantou a professora ir até nossa casa falar com ele, dizer que era uma atividade nova, mas fazia parte da educação, e que eu tinha muito jeito, e que sem dúvida a dança ajudaria a vencer minha timidez.

De nada adiantou. E assim, no final do ano, sentada na plateia ao lado de nossos pais, com os olhos nublados de lágrimas, vi minhas coleguinhas, vestidas de tules, mover-se leves no palco, ao som da *Dança das horas*.

Mas a proibição mais dura, a que mais me fez sofrer, foi quando nosso pai descobriu que eu estava apaixonada. O amor havia chegado até mim sem que eu o esperasse e sem que eu pudesse fazer nada contra ele: abriu seu caminho em meu coração, começou a infiltrar-se entre os verbos de latim e o longo peregrinar de Ulisses pelo Mediterrâneo, e acabou por se instalar de vez, dono de mim, e eu o acolhi e o guardei em segredo.

Tudo começou na noite em que surpreendi os olhos de Franco fixos em mim: era um olhar longo e negro, que eu sustentei até que, tomada de uma estranha perturbação, abaixei meus olhos, sentindo-me enrubescer. A partir daquela noite, ao deitar, aquele olhar negro continuou a olhar fixo para mim na escuridão do quarto, e aquela perturbação fazia-se cada vez mais forte, fazendo bater meu coração.

Franco era filho do *maestro*, e um dos poucos rapazes que estudavam. Quando nos conhecemos, logo depois de nos mudarmos para San Francesco, eu tinha onze e ele doze anos, e até então havíamos brincado com outros garotos, no jardim de casa, enquanto nossos pais jogavam cartas com outros vizinhos, na sala.

Naquela noite estávamos na sala, Franco em pé ao lado do pai, eu sentada ao lado do nosso. Havíamos crescido, ele com catorze, eu com treze anos, e brincar com os garotos já não nos atraía muito, por isso entramos na sala e estávamos observando o jogo, quando, ao levantar meus olhos, encontrei os dele, e começou o amor.

Ele nunca disse nada sobre seus sentimentos, nem eu. Toda manhã, íamos juntos — ele, seu irmão menor Alfredo, e eu — até a estação, pegávamos o trem que nos levava até Ostia Lido, e caminhávamos juntos até a escola. Franco estava um ano à minha frente, mas muitas vezes os horários de saída coincidiam, e então voltávamos juntos para casa.

Mas nunca passou disso, nunca sequer nossas mãos se roçaram, e eu era feliz só por caminhar ao lado dele e falar sobre o latim, a Odisseia, as poesias que decorávamos. Era uma felicidade que se somava ao prazer de ir para a escola, e eu escondi aquele meu segredo no fundo da minha alma.

Mas minha felicidade não passou despercebida de nosso pai, que começou a observar cada gesto meu, cada palavra, cada olhar. E uma noite entrou em meu quarto, quando eu já estava deitada, sentou-se na cama e, com o tom persuasivo que lhe era peculiar, começou a falar. Não lembro as palavras exatas que ele disse, mas dizia que chegava um certo momento em que as moças começavam a se interessar pelos rapazes e que isso era uma coisa natural, fazia parte da vida, que a todos ocorria a mesma coisa. Fiquei feliz ao ouvir que ele me entendia, que sabia dos meus sentimentos e os entendia. Num impulso de felicidade, joguei meus braços em volta do pescoço dele: 'É verdade, *papà*, é assim que eu me sinto: *sono innamorata di Franco!*'.

Mas ele, com dura frieza, tirou meus braços do seu pescoço e, segurando meus pulsos, olhou em meus olhos e perguntou, num tom lúgubre, como nunca eu ouvira: 'Você gosta de estudar?'. 'Claro, *papà*, gosto muito de estudar!'. 'Então, se você trocar mais uma palavra com esse rapaz, tiro você da escola. Entendeu?'.

Eu obedeci, como sempre. Franco ficou surpreso com aquela proibição: 'Como assim? Por quê? Seu pai joga cartas e bochas com o meu, e eu não posso falar com você?'. Mas aceitou a situação, para não me prejudicar. A partir daí só olhávamos um para o outro, de longe. Houve uma exceção: no começo do novo ano escolástico, ao descer do trem, de volta para casa, Franco me chamou, se aproximou e perguntou se meu livro de história ia ser *Res Gestae*. Fiquei um pouco assustada, mas respondi que sim, e ele disse: 'Então não precisa comprar. Este é o que eu usei!' e, com um sorriso, me estendeu o *Res Gestae*. Passei aquela noite abraçada ao livro, acariciando cada página, pensando nas mãos que o haviam tocado antes de mim.

Havia ficado assustada ao ver Franco se aproximar, porque nosso pai não acreditava em mim, e havia começado a me espiar, escondido. Quando eu voltava da escola, se escondia atrás de uma árvore para ver se eu voltava com alguém, se eu falava com Franco, ou qualquer outro que fosse. E uma vez, ao chegar em casa, ele me havia submetido a um verdadeiro interrogatório, como ré diante de um *carabiniere* cruel e sorrateiro: ele não acreditava em minhas respostas, por isso reformulava a pergunta, duas, três vezes, para me pegar em contradições, uma verdadeira tortura, que só terminou quando eu comecei a vomitar, acometida de enxaqueca. Só então ouvi a voz de nossa mãe: 'Deixe-a, ela está passando mal!'.

"Que canalha!", disse você, cerrando os punhos. "Como era possível agir assim, com tanta crueldade? Lembro bem de Franco, era um belo rapaz e parecia muito respeitoso, até tímido demais. Acho que você teria sido feliz com ele!"

* * *

Quando você ainda podia ficar dias seguidos na casa de campo, sempre aparecia arrumado, para o café da manhã: já havia tomado seu banho, se barbeado e vestido. E, em seu quarto, já estava tudo em ordem e a cama arrumada. Aparecia na sala sempre com seu belo sorriso no rosto, feliz por estar conosco. Mas um dia apareceu abatido, triste. "Queria tanto sonhar com Maria, e não consigo!", disse. E, enquanto tomávamos café, começou a falar dela, da saudade que sentia, dos cuidados com que ela sempre o circundara, com aquele amor que só os que amam de verdade, como Maria amou você, sabem proporcionar.

Eu também contei minhas lembranças de Maria, coisas que talvez você não soubesse, mas que gostaria de saber. Na lembrança mais antiga, eu, com meus oito, nove anos, estou na casa dela, e ela costura um vestidinho para minha boneca. Já o recortou, de um retalho de pano que tinha em sua casa, e agora costura, enxugando os olhos com o dorso da mão. Maria chora, costura e chora, porque os pais dela foram visitar nossos pais e não a deixaram ir junto. Ela queria ir para ver você, por isso os pais não haviam deixado, e ela chora e costura um vestidinho para minha boneca.

Outra lembrança é de quando já morávamos em San Francesco. Eu tinha uns onze anos, Maria já era moça feita, com seus dezoito, dezenove anos, bonita, vistosa e muito admirada pelos homens. Eu sei porque uma vez me levou com ela, quando foi entregar as calças na alfaiataria e, pelas ruas do centro de Roma, os homens a olhavam quando passava, diziam galanterias, mas ela nem olhava, seguia reta em frente. Um deles sorriu ao vê-la e caminhou uns passos ao lado dela, falando não sei quê, e ela só dizia: 'Não!'. Depois, Maria me explicou que aquele moço já a pedira em namoro, ela negara, mas ele sabia a hora em que ela passava e sempre a esperava no mesmo lugar, repetindo sempre as mesmas palavras, que queria namorá-la, que queria se casar com ela.

Mas ela sempre negava: Maria só pensava em você, só amava você e esperaria para sempre sua declaração. Os pais dela continuavam a nos visitar todas as noites, mas Maria não vinha, a essa hora estava costurando as calças, com a ajuda da irmã solteira. Mas, quando nossa mãe foi passar uns dias em Fratterosa, Maria ajudou lá em casa: preparava a janta para quando nosso pai e você chegassem em casa, lavava e passava as roupas, e fazia isso com o mesmo capricho com que sempre fazia tudo.

Você ficou contente ao ouvir essas coisas que realmente não sabia, e outras de que não se lembrava. E então lembrei também que Maria havia sido minha madrinha de Crisma, quando nosso pai, por força das circunstâncias, teve de aceitar que eu frequentasse o Catecismo e fizesse Primeira Comunhão e Crisma, que me havia proibido fazer com minhas amiguinhas quando eu tinha sete, oito anos. Suas ideias contra os padres e a igreja continuavam as mesmas, mas em San Francesco, morando numa casa construída com fundos do Vaticano, onde o controle da igreja sobre os moradores era constante, não teve outro remédio senão me deixar seguir o exemplo de todos, moças e moços, que tomavam a comunhão todos os domingos, na igreja do lugar.

Eu gostava de ir à missa aos domingos. E Maria sempre cuidava do meu penteado. No sábado à noite, ela vinha em nossa casa, lavava meu cabelo e o enrolava todo com pequenos grampos. Na manhã seguinte, vinha me pentear, arrumava meu cabelo em cachos que, presos atrás, desciam lindos pelas minhas costas. Eu punha meu vestido branco, que fora costurado modificando o vestido da Primeira Comunhão, sobre ele punha meu lindo casaquinho branco, e lá ia eu feliz à igreja, para ver Franco e ser vista por ele.

Depois da missa, os rapazes jogavam futebol no campinho ao lado da igreja. Franco era um dos melhores jogadores e fazia muitos gols: eu gostava de olhar e ele sabia que eu estava ali só para vê-lo. Confessou-me, muitos anos depois, que a cada gol olhava para mim, orgulhoso de sua proeza. Mas eu não podia ficar muito tempo: nosso pai, sabendo o porquê da minha insistência em assistir ao jogo, praticamente me arrastava de lá, dizendo que futebol não era coisa para mulher, e muito menos para uma mocinha, e que futebol era uma bobagem total. E o domingo acabava para mim, e só me restava ansiar pela segunda-feira, quando podia ver Franco, mesmo de longe.

* * *

"Mas Franco e você voltaram a se ver depois, não é?" Sim, Lilio, voltamos a nos ver, trinta anos depois de nossa saída de San Francesco. E senti que o amava ainda, que aquele amor adolescente havia permanecido intacto, cristalizado dentro de mim. Claro que eu não disse nada, nem Franco o disse, como nunca o dissera.

Nem foi preciso: uma pergunta dele foi suficiente para eu entender que aquele sentimento estava vivo dentro dele também: '*Ricordi Res Gestae?*', perguntou. Caminhávamos pela estradinha em frente à sua casa de campo. Era uma tarde fria, de um céu plúmbeo, pesado, baixo, mas não chovia, e Alfredo havia sugerido que saíssemos, só nós três, para dar uma volta.

Deixamos a sala aquecida por um belo fogo na ampla lareira de pedras, e saímos para o frio. Franco me mostrou a casa por fora, o forno a lenha, a horta, o jardim. Tudo seco, a terra arrepiada de frio. Mas no jardim havia uma rosa vermelha, prestes a se abrir. Franco se agachou: '*La vuoi?*', perguntou. E eu pedi que não a colhesse, que era melhor deixá-la abrir-se ali, onde havia nascido. '*Immagina, una rosa in gennaio!*', continuou ele, ainda agachado. '*Rosa di gennaio!* Parece o título de uma poesia', eu disse. E ele, levantando-se, falou: '*Scrivila tu, eri così secchiona!*'. Naquela palavra — *secchiona* — havia uma certa repreensão, pelo fato de eu ser, naquele tempo, demasiado estudiosa.

E agora caminhávamos pela estradinha, debaixo daquele céu baixo e plúmbeo, eu no meio dos dois irmãos, como quando íamos à escola, e Franco perguntou se eu lembrava do *Res Gestae*. 'O levei comigo para o Brasil', respondi, e ele entendeu minha resposta, como eu havia entendido sua pergunta. E continuamos a caminhar em silêncio, nós três, sorvendo cada segundo daquele momento mágico e fugidio que nos era dado viver.

"Como foi que se encontraram, tantos anos depois?", perguntou você. Fui eu que o encontrei, Lilio. Na primeira vez que voltei à Itália, perguntei pela família do *maestro*, no *Villaggio* San Francesco, e me disseram que não estava mais lá. Todos se haviam mudado, e ninguém sabia para onde. Eu estava com meu marido e filhos e, embora estivesse muito curiosa, não havia nada que eu pudesse fazer. Mas quando voltei depois, sozinha e já divorciada, a curiosidade foi mais forte. Pedi uma lista telefônica a Sandra, nossa prima, que sempre me recebia em sua casa, em Roma. Procurei o nome do pai do Franco, e o encontrei. Atendeu a mãe, com a voz que eu lembrava como se a tivesse ouvido no dia anterior, com seu forte sotaque calabrês. Ficou admirada quando entendeu que era eu: 'Liliana? Onde você esteve todos esses anos? Vocês sumiram e ninguém soube dizer para onde haviam ido. Para o Brasil? Meu Deus, quem podia imaginar? Vocês partiram sem se despedir de ninguém! Você está em Roma? Me dê o telefone, vou falar com Franco! Vamos nos ver!'.

Dois dias depois, apareceu Alfredo na casa de Sandra. Eu não reconheci, naquele homem de farto bigode, o garotinho de doze anos que ele era quando eu parti. Mas ele continuava brincalhão e levado, como sempre fora. Sabia quem era eu, por isso estava lá. Mas, de acordo com os outros, fez de conta que não me conhecia. Disse apenas que havia sabido que uma senhora que morara em San Francesco estava lá, e ele ficara curioso, pois morara no mesmo lugar. Entusiasta, perguntei se havia conhecido a família do *maestro*, e ele disse não. Achei estranho e perguntei de novo e de novo, e ele continuava a negar, deixando-me confusa. Alguém, vendo-me tão perdida diante das negativas dele, disse: '*Basta*, Alfredo!". Ele, então, se levantou e se aproximou, cobrindo o bigode com a mão, e disse: '*Ma Lilià, è possibile che non mi riconosci?*'. Então reconheci aqueles olhos brincalhões de moleque levado e o abracei com força, gritando seu nome, enquanto ele dizia, em romanesco: '*Lilià, ma 'ndo sei stata, tutti st'anni?*'. Onde eu estivera todos aqueles anos? Então eles haviam sentido tanto assim minha ausência? Senti meu coração doer, e chorei, abraçada a ele, repetindo seu nome, maravilhada por encontrar tanto carinho.

Depois, Alfredo me mostrou o álbum de seu casamento, para ver se eu reconheceria Franco, naquelas fotos. Não reconheci, mas vi seu sorriso no rosto de uma linda mocinha: 'É a filha dele!', disse Alfredo. Franco estava na última fileira: como poderia reconhecer o rapaz de dezessete anos, com a farta cabeleira caindo na testa, naquele senhor calvo e de farto bigode preto a encobrir-lhe o sorriso?

Você, Lilio, chorou ao ouvir isso e de novo apertou os punhos: "Aquele maldito do nosso pai fez sofrer tantas pessoas, então? Não imaginava que eles tivessem sentido tanta falta de você! Nem tinha a menor ideia do tamanho desse seu amor! Nosso pai nunca se importou com os sentimentos dos outros! Só pensava em si mesmo, torpe egoísta! Mas conta mais, e depois?".

Alfredo disse que estava ali para acertar o encontro. Franco nos havia convidado a passar o domingo em sua casa de campo, não longe de Roma. Estariam também os pais e a companheira dele. Ele havia se divorciado, depois de um casamento desastroso, e vivia com uma ex-colega do Foro, onde ele era juiz de paz.

Todos ficaram interessados em rever aquele reencontro, que parecia o capítulo de uma novela. E assim, no domingo, Alfredo, com a mulher e as filhas, passou na casa de Sandra para nos guiar no caminho, e nós o seguimos, Sandra, a filha Tania e eu. Franco nos esperava no portão, se agachou para olhar dentro do carro, e eu revi aquele sorriso, debaixo do farto bigode. E pela primeira vez nos abraçamos, como velhos conhecidos.

A mãe dele estava na cozinha: 'Franco me pediu para fazer um almoço especial, pois viria a mulher que deveria ter sido sua esposa!', disse ela, feliz por me ver, enquanto enxugava as mãos para me abraçar. A companheira de Franco me cumprimentou com a devida cortesia, mas era claro que não se sentia à vontade com minha presença. O *maestro*, agora advogado, me abraçou feliz, e voltou a sentar em frente à lareira. Eu me sentei ao lado dele, no calor daquele fogo, naquele dia congelante de janeiro. E ele começou a falar de nosso pai, disse que sempre o considerara uma boa pessoa, que nunca havia dado ouvido aos boatos, às maledicências que sempre prosperam em todo lugar, que nosso pai havia sido um bom vizinho e era uma pessoa boa. E eu, sem entender o significado daquelas palavras, sem sequer me perguntar que maledicências seriam, chorava ao lado do *maestro*.

    Chorava por lembrar aquela voz nas longas conversas com nosso pai, por saber que tantos haviam sentido minha falta, por saber que havia sido amada pelo rapaz que eu amava, pela vida que poderia ter tido ali, com eles. Chorava, sem mais saber por que chorava, e alguém disse: '*Lasciatela piangere!*'. E continuei a chorar, à noite, fechada no banheiro da casa de Sandra, enquanto escrevia a poesia '*Rosa di gennaio*':

> *Ti ho vista, nellos spoglio giardin fiorir,*
> *rosa di gennaio, bocciolo ancor....*[2]

* * *

"Você choraria mais, se soubesse a verdade!" Olhei para você com olhos perplexos: a que verdade você se referia, Lilio? Você deu um longo suspiro: "A verdade sobre nosso pai, Lià! Todo o mal que fez nosso pai! Eu tentei falar com você várias vezes, mas você sempre cortou o assunto. E negou, quando lhe perguntei se ele havia molestado você, quando menina. Você ainda o defendia, e eu não entendia como você ainda podia sentir amor por aquele homem! Descobri tudo quando viajei à Itália pela primeira vez e quase enlouqueci ao

---

2. Te vi, no despido jardim florir, / rosa de janeiro, prestes a se abrir...

saber. Fiquei alucinado. Nosso pai não emigrou, Lià, ele fugiu! E arrastou a família toda com ele, deixando um rastro de vergonha atrás de nós!

Soube logo que cheguei, foi uma das primeiras coisas que me contaram: nosso pai havia molestado praticamente todas as meninas da vizinhança. E todas se haviam calado, por vergonha ou medo. Mas uma das mães desconfiou de algo ou ouviu uma conversa entre as meninas. Perguntou à filha e a menina no começo não quis falar, mas acabou cedendo à insistência da mãe, e confessou. E as outras meninas, que sentiam vergonha como se fossem culpadas daquele crime hediondo, cometido por nosso pai, começaram a falar e o boato logo se espalhou. Era um homem sem moral, um maldito miserável! Era desses boatos que o *maestro* falava, e você não entendeu, porque não sabia. *Capisci*, Lià? Nosso pai era um pervertido, um pedófilo, o pior dos criminosos, o mais infame! Ofendeu a inocência daquelas meninas! Não respeitou a infância delas! O que pode haver de pior? Pela primeira vez tínhamos uma casa nova e bonita, estávamos felizes nela, e ele a emporcalhou e espalhou sujeira ao redor. Mantinha aquele ar de homem de bem e respeitável, que todos os vizinhos, até o *maestro*, admiravam, e agia daquele modo torpe com as meninas. Contava com o silêncio delas. Quando o boato começou a se espalhar, teve medo, fugiu, e nos arrastou na vergonha. Só pensou nele mesmo, quis salvar a própria pele, sem se importar com os sentimentos e a dor dos outros!"

Fiquei muda, sentindo um nó me apertar a garganta. Quando consegui falar, resolvi dizer a você a verdade, que eu lhe havia negado anos atrás. Aconteceu quando fomos morar na casa dos Condes Caruso, em Parioli. Eu havia ficado feliz ao saber que íamos deixar o barraco e morar no bairro mais elegante de Roma, fiquei feliz e contei para todas as meninas, para elas ficarem com inveja. De fato, o palacete era lindo, linda aquela escadaria de mármore com as duas estátuas e os canteiros de flores no jardim, era tudo tão lindo! E eu pensei que ia ter um quarto só meu! Que podia entender, aos sete anos? Fiquei triste quando vi que nosso lugar era na garagem dos fundos, quando entendi que nossa mãe era a empregada da Condessa, e nosso pai o motorista do Conde, e também vigia noturno, numa garagem perto do palacete. Ele ia dormir na garagem todas as noites, e sempre queria me levar com ele. Às vezes eu não queria ir, mas ele fechava o punho e grunhia, sim, grunhia como uma fera, um animal selvagem, e mamãe me empurrava: 'Vá, minha filha, não o deixe ficar bravo!'. E eu era forçada a ir. Uma tarde me demorei ao pé de uma daquelas estátuas, onde batia o sol, e fiquei com enxaqueca, passei mal e até vomitei. Nossa mãe disse que, naquele estado, não podia ir com ele. Nosso pai partiu bufando, mas eu fiquei com nossa mãe, que me cobriu com aquela coberta amarela gostosa. Que bom aquilo, estar com mamãe e ela cuidar de mim! A partir daquela tarde, comecei a ficar sempre ao sol, ao pé da estátua, desejando ter de novo enxaqueca, e às vezes conseguia, às vezes não, e era quando ia dormir com nosso pai naquela garagem, dentro de um carro, e ele me abraçava, me beijava e me acariciava o corpo todo, tocava também naquela parte que mamãe dizia que ninguém podia tocar, mas ele não era 'ninguém', era *papà*. Nunca eu recebera carinho de nossa mãe, nem um beijo, nem uma carícia, por isso era bom ser acariciada por ele. Mas depois eu tinha sono, queria dormir, mas ele continuava a me beijar, e dizia que eu era seu amorzinho, e que ninguém podia saber, nem mesmo mamãe, porque era nosso segredinho, meu e dele, e segredos a gente não conta a ninguém. '*Voglio dormire, papà!*'. '*Dormi! Dormi!*' e continuava a me beijar, a me acariciar.

Você me ouviu com os olhos arregalado de terror, e me abraçou com força, chorando em meu ombro e dizendo: "E eu que sempre me incomodei tanto porque ele só gostava de você, porque sempre a queria perto dele, porque só você ele havia estimulado a estudar, não se importando comigo, sempre distante, indiferente e rigoroso, sem nunca uma palavra de aprovação ou de estímulo. Que posso fazer por você, Lià, que posso fazer?".

Não sei por quanto tempo permanecemos abraçados, você arrependido de tanto ressentimento contra mim, e eu me sentindo finalmente livre daquele fardo. Só à psiquiatra havia conseguido contar, até então, e ela me havia dito que era preciso contar aos outros, aos familiares, aos amigos, para realmente poder livrar-me daquela carga pesada, que nosso pai havia colocado em ombros tão pequenos, quando eu tinha sete anos.

"Sete anos! Como ele foi capaz disso? Como um pai pôde fazer isso a uma filha?", você repetia, revoltado, apertando os punhos, como se pudesse, agora, encher aquela cara de murros, não estapear a si mesmo, mas esmurrar aquela cara sórdida, de homem para homem. E você disse, enxugando os olhos com o dorso da mão: "Agora entendo tudo perfeitamente. Você sabe o motivo pelo qual ele foi despedido pelo Conde? Ele dormiu ao volante! Isso mesmo, dormiu ao volante, o irresponsável, e o carro foi de encontro a uma árvore! Nem mesmo aquele emprego foi capaz de manter! Acho que não ficamos nem dois meses na casa dos Caruso e voltamos para o barraco. E não era fácil arrumar outro trabalho, pois ele não havia aprendido nenhum ofício. Depois se inscreveu em cursos noturnos, e conseguiu o diploma de contador primeiro, e de eletricista e técnico de rádio, depois. Mas por que não me contou essa infâmia, quando lhe perguntei, anos atrás, Lià?"

Eu havia negado porque não estava pronta a contar, porque ainda amava nosso pai, porque era ainda dominada por aquela voz de mando, que havia sussurrado, em meus ouvidos de menina, que eu devia calar, para sempre. Por anos, havia jogado nos meandros mais escuros da minha memória aquela lembrança, por anos vivi como se aquilo não tivesse acontecido, como um sonho ruim, que se quer esquecer. Aquela lembrança havia emergido, e com uma violência inimaginável, quando vi Lilia, com sete anos, sentada no colo dele. Quando ele me acompanhou até minha casa, para ajudar com meu filho ainda pequeno, ali, no meio da rua, eu lhe disse: 'Se tocar Lilia, eu mato você!'. Ele tentou se justificar, disse que o fazia porque eu gostava, por medo de que eu o fizesse com outros e não sei mais o quê, e eu repeti: '*Se la tocchi, t'ammazzo*!'. E ele se calou. Nunca, como naquele momento, senti tanta raiva dele por querer jogar sua culpa numa menina de sete anos, a própria filha! Ele já estava com câncer e aos poucos foi definhando: morria, e eu me sentia culpada por sua morte, porque de morte o havia ameaçado. Mas, quando você me perguntou se nosso pai me havia molestado quando pequena, eu neguei. Não conseguia, não podia falar daquele assunto, que agora voltava mais doloroso, na descoberta que você fizera.

Foi então que tive uma intuição, Lilio. Eu já lhe havia contado daquele tapa na bunda, que nosso pai me deu quando tinha ainda sete anos, tão forte que me levantou do chão, e tão repentino e amedrontador que fiz xixi na mão dele: o que eu poderia ter feito de tão grave? Estávamos só nós três, dentro do barraco, nosso pai, nossa mãe e eu, e de repente aquele tapa. Só pode ter sido por um motivo: eu havia começado a contar à nossa mãe o que ele fazia comigo, na garagem, dentro daqueles carros. Só pode ter sido isso, não consigo imaginar outra coisa: eu havia começado a falar e ele me calou de vez.

"E nossa mãe, Lià, onde estava nossa mãe? Será que não percebeu nada, nem mesmo naquele momento? Será que não entendeu que a filha estava pedindo socorro? E como podia deixar, quando ele forçava você a ir dormir com ele? Por que nunca disse: 'Ela é menina, dorme comigo e pronto!'. Será que nunca notou nada, em San Francesco? Que mãe tivemos, Liã? Seria tanto o pavor que tinha dele a ponto de fechar os olhos a tanta hediondez? Que mãe era aquela que empurrava a filha para o colo do pai, sem nunca desconfiar daquela insistência? Que mãe era aquela, que se vangloriava de ter um filho tão obediente que se estapeara até chorar, a mando do pai? Qualquer animal defende a cria à custa da própria vida! Que..."

Você se interrompeu de repente, pensou um pouco: "Liá, acho que sei por qual motivo não encontramos nada a respeito dele, quando tentamos a pensão para nossa mãe! Quando era *carabiniere*, devem ter descoberto que era pedófilo, e isso poderia implicar uma penalidade séria que envergonharia a *Arma dei Carabinieri*, que era muito bem-conceituada. Preferiram expulsá-lo e apagar o nome dele. Isso deve ter sido quando eu tinha uns quatro anos. Ele havia chegado ao grau de *brigadiere*, podia fazer uma bela carreira, e jogou tudo fora. Quando o expulsaram, montou um negócio de louças, com tio Checco, em Fabriano. Mas logo largou tudo e partiu voluntário para a África. Quando estourou a guerra, foi convocado e serviu na Albânia, e depois em Sassoferrato. Mas o nome dele não constava em nenhum lugar."

* * *

"**F**ranco e você voltaram a se encontrar outra vez?", perguntou você, curioso, numa outra daquelas nossas tardes. Sim, Lilio, voltamos a nos ver uma segunda vez, passados quase mais trinta anos. Naquela primeira vez, eu voltara ao Brasil devastada por aquele reencontro, que havia ressuscitado minha dor antiga, redobrando-a ao saber, agora, que havia sido amada, que Franco também, naquele tempo, pensava num futuro juntos.

Mas retomei minha vida: as aulas que ainda dava, os netos que vieram, o lançamento do meu primeiro livro no Brasil, a viagem à Itália para a publicação do mesmo livro, vertido para o italiano, o lançamento do segundo livro no Brasil, a preparação de um terceiro. Escrever havia sido a maneira de enfrentar e superar a dor de tantas lembranças que ainda me machucavam, principalmente nos momentos mais difíceis.

Pensava ter esquecido definitivamente Franco, enterrado para sempre aquele amor, mas comecei a sonhar com ele, dias antes de outra viagem à Itália. Foram sonhos seguidos, e neles Franco e eu vivíamos uma intimidade como se tivéssemos vivido uma vida inteira juntos. Era estranho isso, pois Franco e eu nunca havíamos estado um momento sequer a sós. Era estranho, mas muito agradável. E assim decidi procurá-lo outra vez, na viagem que logo faria, para o lançamento de um outro livro meu, também vertido para o italiano.

No dia de minha chegada em Roma, Alfredo apareceu na casa de Sandra. Ele, alegre, brincalhão e expansivo, o oposto do irmão, se tornara amigo de Sandra e de toda a família, e sempre vinha me visitar e me convidava à sua casa, quando eu ia à Itália. Ficou feliz em me ver, nos abraçamos efusivamente, como sempre. Perguntei se tinha o telefone de Franco e ele me deu um cartão com nome, endereço, telefone e e-mail ao lado da fotografia de um antigo casarão de pedra, e onde estava escrito '*Regalami il tuo sogno*'.

Telefonei imediatamente a Franco e reconheci sua voz quando perguntou quem era. Eu disse meu nome e ele, surpreso, exclamou: 'Liliana, Liliana, Liliana?'. 'Sim, sou eu, ou conhece outra?', respondi brincando, e disse que queria vê-lo. Informei que estava em Roma, mas que logo ia viajar para Fratterosa, onde seria feito o lançamento de um livro meu. 'Então poderemos nos encontrar em minha propriedade na Úmbria. Meu irmão lhe deu meu cartão? Ali tem todas as indicações!'. E foi assim que Maurizio e eu, numa esplendorosa manhã de maio, viajamos de Fratterosa à Úmbria, a *umbrosa* região dos romanos, a mais verde e sombreada da Itália, característica de que deriva seu nome.

Como da outra vez, Franco esperava no portão e, quando o carro parou, se abaixou para me ver e sorriu debaixo do bigode branco. E de novo nos abraçamos. Um abraço carinhoso, amigo.

O casarão, todo em pedra, data do século XIV e foi construído no alto de uma colina, de onde se tem uma vista ampla, verde em toda sua extensão, até o horizonte, até as colinas que antecedem as montanhas dos Apeninos.

Ao comprá-lo, Franco o havia adaptado a pousada agrícola, uma forma de turismo, que esteve muito na moda. Nos arredores do casarão, havia recantos agradáveis, com churrasqueiras, mesas e bancos rústicos, uma grande piscina, com espreguiçadeiras à volta, e um belo campo, onde pastavam uns cavalos. Eram de uma senhora inglesa, que cuidava do lugar em sua ausência, me explicou Franco, enquanto se dirigia à entrada do casarão.

Subimos os três andares, e em cada andar Franco mostrou os quartos. Mostrava cada quarto com orgulho de proprietário zeloso, explicando que antes os cômodos eram mais espaçosos, cada qual com lareira, mas depois haviam sido divididos, para criar mais dependências para atender à demanda de turistas que, na década anterior, havia sido muito grande, pois parecia que a humanidade havia sido tomada por uma febre de retorno à natureza.

Todos os quartos eram encantadores, na sobriedade da decoração: chão de tijolos, poucos móveis e todos antigos, camas de ferro batido e todas de casal, com colchas impecavelmente arrumadas, pequenos abajures nos criados-mudos, armários de madeira maciça, às vezes um antigo baú aos pés das camas.

Em todos os quartos as janelas estavam abertas, deixando o verde da Úmbria entrar. O casarão estava fechado desde setembro, explicou Franco, desde o fim do verão do ano anterior, quando os últimos hóspedes haviam deixado o lugar. E ele havia chegado cedo de Roma para abrir as janelas, aproveitando aquela magnífica manhã de maio, e arejar os quartos antes que eu chegasse.

Também estava aberta a janelinha do quarto do terceiro andar. Franco se aproximou dela e, indicando a paisagem que se descortinava ampla, disse: 'Daqui se tem uma vista sobre o vale do Tibre! Olhem! É uma vista magnífica, a melhor de todas!'.

Olhei pela janelinha o estupendo vale do Tibre, o vasto e umbroso verde sob o céu de maio, o pequeno povoado aos pés da colina, e pensei na frase escrita no cartão: *'Regalami il tuo sogno!'*.

Tive vontade de dizer a Franco: *'Ti voglio regalare il mio sogno!'*. Eu havia sonhado com ele, na noite anterior àquele encontro. Estávamos sozinhos, no sonho, e eu, aproximando-me trêmula dele, o havia beijado na boca, um beijo que trazia nos lábios o desejo reprimido de mais de cinquenta anos. Mas, no sonho, o tempo havia desaparecido e eu não tinha idade nenhuma, como ele também não tinha. Não éramos os dois adolescentes que se haviam amado em silêncio e não éramos a senhora e o senhor maduros, que se encontravam agora. Éramos apenas um homem e uma mulher e eu buscava sua boca, queria sentir o calor daqueles lábios. E ele, derrubando o último bastião atrás do qual se entrincheirava, havia correspondido ao meu desejo, me beijara com paixão e me havia carregado nos braços, em busca de um quarto.

Olhei o velho Tibre, que vagaroso escorria no fundo do vale, e desejei ficar lá pelo resto de minha vida, esquecida de tudo. Mas Franco perguntou se preferíamos almoçar num restaurante do lugar, ou se queríamos um churrasco, ali mesmo. Maurizio havia trazido uma garrafa de vinho tinto, seria melhor o churrasco. Franco se preparou para ir buscar o necessário e eu quis ir com ele. Mas ele recusou, disse que seria melhor eu esperar ali, com Maurizio. Entendi a razão depois: no povoado todos o conheciam como o 'Senhor Juiz', muito reservado, de semblante sério, severo, e todos conheciam a companheira. Se aparecesse com outra mulher, não demoraria para espalharem boatos, como em todos os lugares pequenos.

Esperávamos lá, num daqueles recantos deliciosos, ao lado de uma churrasqueira, quando Maurizio viu uma cerejeira carregada de frutinhas maduras. *'Era de maggio e te cadéano 'nzino li ccerase rosse'*, dizia a conhecida música napolitana, que comecei a cantarolar, quase sem perceber, enquanto nos dirigíamos para a planta. Sim, era maio e as cerejas vermelhas caíam em cima de nós, nos galhos carregados que pendiam, e que alcançávamos com facilidade.

Logo Franco voltou e rapidamente acendeu o fogo e pôs a carne e as salsichas na grade. A senhora inglesa trouxe pratos, taças, talheres, uma saladeira e os condimentos para a salada. Maurizio abriu o vinho, que era delicioso, como tudo ali em volta. Aquele verde, aquela paz, aquele sol de maio, a presença de Franco, que ia e vinha da churrasqueira, trazendo a carne e as deliciosas salsichas. E eu desejei que aquele dia não acabasse, que o tempo parasse naquelas horas vividas ao lado dele.

Depois, Franco finalmente se sentou e pela primeira vez falamos longamente de San Francesco. Lembramos da escola, do trem, das aulas de grego e de latim: '*Tu eri una secchiona!*', disse sorrindo, como dissera na primeira vez. De repente se tornou sério e sua fala se alterou: 'Seu pai me ofendeu quando a proibiu de falar comigo. Me ofendeu muito! O que pensava de mim? Afinal ele me conhecia, conhecia bem minha família, e era o melhor amigo de meu pai! *Il nostro amore era platonico*! Mas seu pai nunca entendeu ou não quis entender isso! Continuava amigo do meu pai, jogavam bochas e cartas, e eu não podia trocar uma palavra com você. Me ofendeu muito! E meu pai também se sentiu ofendido quando vocês sumiram, sem ao menos se despedir!'.

Eu ouvia sem poder dizer nada. Afinal, que poderia dizer? Era a primeira vez que Franco falava dos seus sentimentos, e eu me sentia embaraçada diante dele, com vergonha do que nosso pai havia feito. Franco olhou fixo em meus olhos e disse, com a voz embargada: '*Ma perchè sei partita*? Devíamos assumir o namoro e você partiu. Mas por quê? Por que você partiu?'. Fiquei sem palavras, diante daquela declaração apaixonada e tardia. Afinal consegui dizer: 'Eu não queria partir, foi meu pai que me arrastou para longe!'. 'Seu pai nos arruinou a vida!', respondeu Franco, num tom triste.

Seguiu-se um momento de silêncio embaraçante, rompido por Maurizio, que disse: 'Signor Franco, comemos suas cerejas, mas só das mais baixas. As melhores estão no alto e só o senhor as pode alcançar!'. Franco se mostrou maravilhado: 'As cerejas já estão maduras?'. Se levantou para ir até a cerejeira, e eu o acompanhei: 'As melhores estão mesmo no alto!', disse alongando o braço para alcançá-las. E as colheu, dando-as para mim, uma a uma. Ao final, apanhou três, as pôs na palma da minha mão e disse, indicando uma delas: 'Deixa essa por último'. 'Por quê?'. 'Porque é a mais doce!', disse Franco, sorrindo.

2

'*Andiamo in Brasile*', disse nosso pai calmamente, como se dissesse 'Vamos dar uma volta no quarteirão'. Eu não entendi, devo ter feito cara de surpresa, porque ele repetiu num tom mais alto, mas sempre calmo: '*Andiamo in Brasile*'.

Era setembro, eu acabava de chegar de Fratterosa, onde havia passado as férias escolares, um prêmio por ter completado com boas notas a escola média, e em outubro frequentaria o ginásio. Haviam sido três meses de paz e alegria, entre o carinho de *nonna* Gemma, tias, tios, primas, primos. Lá havia comemorado meus quinze anos e me havia despedido de todos dizendo que voltaria nas próximas férias.

E agora nosso pai havia dito aquela frase — '*Andiamo in Brasile*' —, que parecera uma lança cortando o ar. Olhei para nossa mãe e ela fez um sinal afirmativo. Naquele instante, senti abrir-se um buraco fundo e negro debaixo dos meus pés e a lança rasgar meu peito dolorosamente. Uma dor contra a qual só podia opor meus gritos, e meu pranto: '*No! No! Io non voglio partire!*'.

Nosso pai esperou com paciência que eu me acalmasse e começou um longo discurso de convencimento, coisa na qual era exímio: que a situação na Itália não estava boa; que ele temia por outra guerra, para a qual você, Lilio, sem dúvida seria convocado; que o trabalho era pouco para tanta gente desempregada; que o Brasil, ao contrário, era um país em pleno desenvolvimento, com abundância de trabalho e muita necessidade de mão de obra; que já havia emprego garantido para ele e para você, Lilio; que o irmão dele, que vivia há anos no Brasil, já havia providenciado tudo, casa, trabalho e até uma escola italiana para mim, e que seria apenas por três anos: '*Solo tre anni, e ritorneremo ricchi!*'. Disse ainda que não iríamos partir de imediato, que precisava providenciar os documentos, e isso levava tempo, e eu poderia frequentar, por um ano, o ginásio. E terminou dizendo que eu não poderia comentar a viagem com ninguém, que a ninguém podia dizer que íamos partir para o Brasil. Não me disse o porquê, mas me fez prometer que ficaria calada, que ninguém saberia de nada, e eu, em silêncio, fiz sinal de sim com a cabeça.

Mas à noite, sozinha na cama, caí de novo num pranto avassalador, apertando contra meu peito o *Res Gestae*. Acorreram os dois, nosso pai e nossa mãe, ao ouvir os soluços, que o travesseiro não conseguira abafar. E ainda perguntaram, como se não soubessem, por que eu chorava. E eu respondi com gritos, repetindo, com a voz já rouca de tanto gritar: '*Io non voglio partire! Io non voglio partire!*'. Nem quis ouvir toda aquela ladainha de novo, afundei o rosto no travesseiro e virei as costas.

"Eu ouvi aquele seu pranto e aqueles seus gritos, Lià, e senti meu coração encolher. Deveria ter levantado, ido até você, abraçado você e chorado junto. Mas não o fiz, deixei você sozinha com sua dor, que adivinhei maior que a minha, naquele momento. Eu havia sido informado dias antes. Informado, Lià, não consultado. Afinal, eu já era um homem, havia acabado de fazer o serviço militar e tinha um bom emprego como alfaiate. E, quando nosso pai informou que íamos partir, fiquei surpreso e com raiva. Como ele havia decidido algo tão importante sem antes me consultar? Eu já não era criança, mas ele me tratava como se ainda o fosse, como se eu fosse coisa dele, com poderes totais sobre mim. E eu lhe disse que não partiria, que ele partisse com o resto da família, eu ia ficar em Roma, não tinha nenhuma necessidade de partir, já tinha um bom emprego e, com meu salário, poderia viver decentemente. Partir para quê? Para ser um imigrante em terra estrangeira? Sempre seríamos estrangeiros, e eu queria ser italiano na terra em que havia nascido! Nosso pai ficou furioso, apertou os punhos como sempre fazia, e se afastou. Foi então que interveio nossa mãe: 'Escute seu pai, escute o que ele tem a lhe dizer. Não podemos dividir a família assim. Pelo amor de Deus, escute seu pai!'.

E ele começou com aquela ladainha, a mesma com que depois acalmou você: que era necessário manter a união da família, que não podíamos desprezar a chance de viver num país em pleno progresso como o Brasil, onde nunca haveria guerras, e numa cidade como São Paulo, a maior e mais industrial do país, e isso e aquilo. E nossa mãe, ao lado dele, a fazer sinal de sim com a cabeça, os olhos suplicantes fixos em mim. Ah, Lià, se eu soubesse naquele momento o verdadeiro motivo pelo qual ele queria partir! É isso que até hoje me corrói, que me queima por dentro o tempo todo, que destrói minha paz. Se eu soubesse que ele nos enganava, que mentia descaradamente, que obrigava a família a emigrar porque a verdade sobre ele começara a vir à tona, certamente não o seguiria! Que ele partisse sozinho, levando a própria vergonha, porque era ele que precisava fugir, não a família! Seria capaz até de denunciá--lo, mas não partiria. Ficaria na minha cidade natal, onde já estava conquistando um espaço meu, um meu lugar!"

Você, de novo, não conseguiu segurar as lágrimas, que eram de raiva contra você mesmo, por ter obedecido. E chorou, me abraçou e disse: "Por que não fui abraçar você, naquela noite? Eu era um covarde, Lià, um covarde!".

* * *

A partir daquela noite, deitar era sinônimo de chorar, para mim. Certamente nossa mãe, toda manhã, encontrava o travesseiro molhado, mas nunca disse nada, nunca uma palavra que pudesse me confortar. Via que a filha chorava e se calava. Meu pranto nada significava para ela, contanto que eu me dobrasse à vontade de nosso pai, e aceitasse partir para tão longe daquele lugar que eu amava. Ela sabia o motivo real da partida e apoiava o marido, custasse o que custasse o sacrifício dos filhos, a dor deles.

Mas eu já havia traçado um novo plano para não partir. Antes, havia pensado em me tornar freira, só para não sair do meu país. Mas para isso precisaria do consentimento de nossos pais, pois eu era menor de idade. Mas o novo plano não precisava do consentimento de ninguém: ninguém me seguraria quando me jogasse na frente do trem, pois agora ia sozinha para a escola. Toda noite chorava e pensava: 'Amanhã vou acabar com este sofrimento!'. Seria um castigo bem-merecido para nosso pai! Mas, quando via o trem chegar, apitando no chiado de freios e ferragens, ficava com medo, e deixava para o dia seguinte. Ia ser bom assistir mais um dia de aula, ver o que aconteceria com Eneas, que, saindo de Troia em chamas, enfrentava tantos obstáculos e perigos no Mediterrâneo. Líamos toda a *Eneida*, de Virgílio, em italiano, e o segundo capítulo em latim. Na aula passada, Dido, rainha de Cartago, pedira a Eneas que lhe contasse a história que o levara a naufragar nas costas do seu reino. E Eneas respondera à rainha que aquele pedido lhe fazia renovar uma dor indizível: '*Infandum, regina, iubes renovare dolorem*'.

Cada dia eu saía de casa decidida a me jogar na frente do trem, mas sempre deixava para o dia seguinte, mesmo porque, na escola, podia ver Franco, vê-lo mais uma vez, e mais uma, e mais uma. Em casa via os preparativos para a viagem, e fazia de conta que eu nada tinha a ver com aquilo: quem sabe, até lá, aconteceria algo milagroso, que nos impediria de emigrar, ou então me jogaria na frente do trem, no último dia de aula. Eneas já havia chegado às costas do Lácio, seu destino era fundar uma cidade muito poderosa, Roma, que seria centro de um grande império, e vingaria a destruição de Troia, pondo a Grécia sob seu jugo.

Mas, no último dia de aula, quando o professor de Letras disse que, em outubro, quando recomeçassem as aulas, iríamos ler *I Promessi Sposi*, de Manzoni, e toda a *Eneida* em latim, eu não aguentei. Minha cabeça desabou na carteira e chorei meu *infandum dolorem*, que me sacudia fortemente os ombros. O professor e os colegas se assustaram e me circundaram perguntando o que havia acontecido. Entre os soluços, consegui dizer: '*Io non ci sarò. A ottobre parto per il Brasile!*'.

* * *

Maria e você se conheciam desde antes da Segunda Guerra e brincavam juntos o tempo todo. Brincavam e brigavam, mas não conseguiam ficar separados. Durante a guerra, nós fomos para Fratterosa e Maria ficou em Roma. Voltaram a se ver sete anos depois, no fim da guerra.

Você ainda era um rapazinho, espigado e magrela, mas Maria havia florescido, com um corpo em que se adivinhava a mulher exuberante que seria. Já trabalhava e ajudava a sustentar a família numerosa. Havia começado como costureira, na casa de uma vizinha. Mas descobrira que sua vocação era costurar calças de homem, e já trabalhava para um alfaiate, perto de onde morava.

Maria era muito rápida e perfeita em tudo que fazia, e logo começou a trabalhar para a mesma alfaiataria em que você trabalhava: buscava as calças cortadas, as costurava em casa, e as entregava, prontas, no dia seguinte. Assim, vocês podiam se ver praticamente todos os dias, longe da vista do pai dela, calabrês muito severo com as filhas.

Você estava inspirado e nostálgico, naquela tarde, quando me contou o primeiro beijo, dado a Maria: "Era já noite, quando voltávamos para casa juntos, caminhando por Lungotevere, e lá, debaixo dos plátanos, beijei Maria pela primeira vez!".

Fazia tempo que você gostava dela, mas era muito jovem ainda para pensar em compromisso. Era muito bonito, e queria aproveitar sua juventude em liberdade. Quando nos mudamos para San Francesco, as moças do lugar faziam de tudo para chamar sua atenção e você não se fazia de rogado, borboleteando aqui e acolá. Maria sofria, mas nunca disse nada, nunca se queixou. Apenas o amava e esperava.

E o seu pedido de casamento foi algo inédito. "Não lembro como foi", disse você. Como podia não lembrar, Lilio, se eu lembrava perfeitamente de todos os detalhes? E você pediu: "Me conta como foi!". E eu contei: era um sábado, e você havia organizado um pequeno baile, na sala espaçosa da nova casa. Era apaixonado por discos de músicas orquestradas, e havia comprado uma pequena vitrola, daquelas que a cada dois ou três discos era preciso trocar a agulha.

Você começou a dançar com uma moça, com outra, com outra. Maria, sentada comigo e nossa mãe na cama em que você dormia e que de dia se transformava numa espécie de *recamier*, olhava e esperava que você a tirasse para dançar, esperança que se renovava a cada troca de agulha. Mas você trocava a agulha, tirava uma moça, tirava outra, e nada de tirar Maria.

E Maria de repente se levantou e saiu correndo. Você ficou estancado, largou a moça com quem dançava no meio da sala e saiu correndo atrás dela, gritando seu nome. E eu corri atrás de você, curiosa para saber se você finalmente faria sua declaração de amor.

Você encontrou Maria num canto da cozinha, encolhida no chão, chorando. Quando cheguei, você estava agachado ao lado dela, abraçando-a, beijando-lhe o rosto, passando-lhe a mão nos cabelos. E aí apareceu o pai dela, calabrês robusto e bruto. Apareceu na porta da cozinha e começou a gritar: 'Que história é essa de abraçar assim minha filha? Pensa que ela é uma qualquer? Pensa que ela não tem pai? Pois ela tem sim, e vai ter de me explicar!'. Você não se levantou, continuou a abraçar Maria, olhou para o calabrês furioso e disse simplesmente: "Maria e eu vamos nos casar, o senhor não sabia?". Certamente um modo bem diferente de pedir a mão de uma moça. Maria muitas vezes repetiu que estava casada há anos com você, e ainda esperava que você se declarasse a ela.

Oficializaram o namoro sem nenhuma cerimônia, a não ser comunicar o fato ao resto da família e à vizinhança. Maria pensou estar às portas do paraíso, no qual entraria no dia em que subisse ao altar. Com o casamento em vista, trabalhava com mais afinco: varava noites costurando mais e mais calças, com a ajuda da irmã. Pensava dia e noite no enxoval, para o qual já começara a comprar alguma peça, pensava na camisola da primeira noite, pensava no lindo vestido de noiva que outra irmã, costureira e já casada, faria para ela. Maria costurava e pensava e sonhava!

Quando você partiu para o serviço militar, Maria esperava ansiosa suas cartas, como nós esperávamos, pois pela primeira vez nos havíamos separado. Você contava as novidades da vida no quartel, e nós a vida sem novidades de cada dia.

Quando voltou, Maria e você pensaram que, em um ou dois anos, poderiam se casar e criar sua própria família. E Maria esperava esse dia com a alegria que só podem sentir os que amam de verdade.

E teve a sensação de que uma montanha de gelo desabasse sobre ela, contaria depois, quando você lhe disse que nosso pai havia decidido partir para o Brasil, e a família inteira partiria. 'E eu?', perguntou Maria. Você a olhou embaraçado e só disse que a partida era coisa certa. As duas famílias fizeram uma reunião para decidir o destino dos noivos. Nosso pai confirmou que ia partir com toda a família e isso era assunto encerrado. Você, timidamente, disse que, depois de instalados, faria o chamado para Maria e ela o alcançaria no Brasil.

Mas o pai calabrês se enfureceu e disse que não aceitava de modo algum que você partisse sem ela, que iam se casar e ela ia partir com você. 'O que vai ser de minha filha, abandonada pelo noivo?', disse quase aos gritos. 'Já tenho uma filha que não casou porque o noivado foi desfeito e não quero outra na mesma situação!'. Nosso pai disse que não se tratava de desfazer o noivado, apenas de uma separação temporária. E ia começar seu habitual discurso de convencimento, quando o calabrês, furioso, se levantou da mesa e gritou: 'Minha filha vai ficar falada, sim! E, mesmo que venha o chamado, vai viajar solteira? Isso nunca! Nunca vou admitir! Vão casar e ela parte com o marido!', e deu por encerrado o assunto com um solene punho na mesa.

Na sala caiu um silêncio ensurdecedor. Nosso pai havia sido emudecido pela primeira vez. Pela cabeça de Maria se cruzavam mil pensamentos, e voltou-lhe à lembrança a cigana que, aos dezesseis anos, lhe preconizara uma longa viagem e lhe mostrara, na palma da mão, a linha em que isso estava escrito. Na ocasião, Maria pensara que a longa viagem seria para a Calábria, quem sabe em lua de mel. Nunca poderia ter imaginado que a viagem prevista a poria numa situação tão dramática. Sentiu-se cortada ao meio: deixar a família e partir para uma terra da qual nada sabia, ou perder o amor de toda sua vida, deixar que ele partisse e viver na boca de todos como noiva abandonada, à espera de um chamado incerto. 'Eu quero partir!', disse por fim, resoluta.

Casaram-se logo depois, sem o enxoval que ela sonhara, e com um vestido branco feito às pressas, para dar tempo de preparar os documentos dela para a partida. Foi uma cerimônia simples, na igrejinha de San Francesco, e os noivos partiram para uma breve lua de mel, em Fratterosa.

Os vizinhos chegaram à conclusão mais óbvia: Maria estava grávida! Um assunto e tanto: 'Quem diria, ela sempre tão séria! Sabíamos que ela era apaixonada por ele, mas chegar a esse ponto para amarrá-lo!'. Mas ela não se importava, finalmente vivia seu sonho, embora aquela viagem fosse um ponto de interrogação a escurecer o horizonte.

Você me contou, nesses nossos últimos dias de confidências, que, no dia do embarque, Maria teve medo: 'Não vamos embarcar, vamos fugir nós dois, vamos voltar para Roma! Afinal, temos trabalho, podemos viver aqui na Itália!'. Mas embarcou, Maria, para sua longa viagem e, ao subir a escadinha que a levava para dentro do navio, desejou não ter nascido com aquela linha na palma da mão.

* * *

"Lembra de como saímos de San Francesco, Lià? Foi à noite, às escondidas, como ladrões, como bandidos! Nosso pai não podia vender a casa, mas a havia passado por baixo do pano a uma família de Acilia, recebendo um bom dinheiro. Eles tinham de ocupar a casa enquanto nós saíamos. E assim foi, nós saíamos e eles entravam às escondidas. Estando na casa de manhã, ninguém poderia expulsá-los. Foi por isso que tudo havia sido feito no mais absoluto silêncio, e disso também se falou depois, sujando ainda mais o nome da família!"

Eu me havia despedido da casa deixando beijos em cada cômodo, triste não só por partir, mas também por sentir que a estávamos abandonando, saindo daquele jeito. Nosso pai, nossa mãe e você foram no caminhãozinho que levava nossas coisas. Maria e eu, acompanhadas pelos dois irmãos de Maria, fomos de trem até a estação Ostiense e de metrô até a Estação Termini, onde iríamos embarcar para Nápoles, no trem da meia-noite.

Eu não lembrava que *nonna* Gemma também estava na estação para dar um último adeus à filha e aos netos. Foi nossa prima Bice que me contou, muitos anos depois, numa das minhas viagens à Itália. Contou que *nonna* chorava toda vez que lembrava daquele momento: 'Coitadinha, não queria partir, abraçava as colunas da estação e chorava! Não queria partir, coitadinha!'. Foi como um choque: aquela lembrança voltou com força, vendo-me abraçar as colunas da Estação Termini como se elas pudessem me reter, não me deixar partir. Como havia podido esquecer? E chorei, naquele momento, as minhas lágrimas e as de *nonna* Gemma.

Na estação de Nápoles, esperamos o trem que vinha da Calábria, de onde chegava a mãe de nosso pai, *nonna* Consolata, que também partia para o Brasil. Durante três dias, à espera do navio, ficamos hospedados, com todos os emigrantes, em dois galpões não longe do porto. Eram enormes, os galpões, um para homens, outro para mulheres e crianças, com paredes altas, pequenas janelas no alto delas, e beliches enfileirados, como casernas de recrutas.

Creio que éramos os únicos a sair, durante o dia, para dar voltas pelas ruas de Nápoles, conhecer um pouco a cidade. As mulheres, em sua quase totalidade, permaneciam deitadas, levantando-se apenas na hora das refeições. Os homens passeavam em volta dos galpões, ou se sentavam ao sol fraco de outubro.

Saíamos pelas manhãs bem cedo e voltávamos para o almoço. Saíamos também à tarde, mas não podíamos sair à noite, pois os portões eram fechados numa certa hora. De fato, nós também éramos recrutas, arrolados em várias partes da Itália, para servir fora do país. Já não éramos *italiani veri*, éramos *quelli che partivano*.

A maioria daqueles recrutas vinha das partes mais pobres do Sul, totalmente desprovidos de tudo, até de uma mínima noção de higiene. Crianças faziam suas necessidades nos corredores e as mães, sem se levantar dos beliches, se limitavam a limpá-los, jogar o papel sobre o cocô e se viravam para o outro lado. Nossa mãe um dia chamou a atenção de uma delas, e a mulher gritou alto, sem que entendêssemos o que dizia. À noite, o ar era irrespirável. Por sorte, eu estava na parte superior de um beliche, perto de uma janela, e respirava com o nariz encostado nela. Mas as mulheres reclamavam, diziam que devia fechá-la, pois entrava ar frio, que faria mal às crianças.

Naquele tempo, depois do turismo, a maior renda do país provinha das remessas dos emigrados aos seus familiares! A Itália vendia seus filhos, como fazia desde fins do século XIX. Eram sua principal mercadoria, de que nós agora fazíamos parte.

No dia da nossa partida, a manhã estava magnífica, com um céu azul e límpido, e nós saímos como de costume. Andamos bastante, seguindo nosso pai, e chegamos a um lugar bem afastado do porto, onde o mar espumava em pedras e as águas pareciam profundas. Nosso pai, olhando à volta para ter certeza de que ninguém podia vê-lo, extraiu do bolso algo embrulhado num pano e o jogou ao mar, dizendo: 'È *finita!*'. Eu não sabia de que se tratava, nem me importei, nada me importava naqueles dias. Olhei o embrulho afundar, olhei o mar, olhei o céu, e não senti nada, como se estivesse esvaziada de sentimentos. "Era o revólver dele!", me contou você, anos depois.

* * *

O navio, *Provence*, era de bandeira francesa. Nosso pai foi o único a subir feliz aquela escadinha, subiu bem rápido, como se a terra queimasse sob seus pés. Dava para notar isso nitidamente, mas só agora sabemos o porquê. Maria contou depois que só pensava naquela linha na mão, confortando-se com a ideia de que nada poderia ter feito para evitar aquela viagem, pois estava em seu destino, desde que nascera. *Nonna* Consolata subiu com um pouco de dificuldade, mas parecia tranquila ou alheia a tudo aquilo. Eu subi como se estivesse entrando prisioneira em Chateau d'If, mas eu não era nenhum Conde de Monte Cristo para escapar daquela prisão navegante, de onde só poderia sair quando chegasse à outra margem do Atlântico. Não sei o que pensava nossa mãe, como nunca sabíamos: ela foi sempre uma esfinge, inescrutável.

"Quando o navio se soltou do cais, senti como se me rasgassem por dentro: minha vida dava uma guinada, meu destino mudava irremediavelmente! Vinham à minha mente as canções napolitanas, que cantavam a dor dos que partiam. Gostávamos delas e as cantávamos, imaginando aquela dor, mas, quando o navio se soltou do cais, soube de fato o que era aquela dor, porque agora era minha, era eu que partia. Maria, a meu lado, me abraçava como um náufrago abraça um tronco na correnteza. Eu partia dobrado pela vontade de nosso pai, ela partia por amor, mas cortada ao meio pela escolha que fora forçada a fazer. Não chorava, toda sua dor estava naquele abraço. E você, Lià, como se sentiu naquele momento?"

Naquele momento, parecia que eu estava anestesiada. Um pouco antes de partir, nosso pai pediu que eu tocasse o acordeão. Eu me recusei, ele insistiu, me recusei de novo e então ele ordenou que fosse buscar o acordeão na cabine. Ele queria comemorar aquele momento: a esse ponto chegou o sadismo dele! Queria que eu tocasse para seu contentamento! A contragosto, toquei *Il Carnevale di Venezia*, e logo uns napolitanos fizeram uma roda à minha volta. Pediram que tocasse *Core Ingrato*, e todos começaram a cantar a própria tristeza, acompanhando-me. Foi quando ouvimos a sirene tocar. Todos correram, eu larguei o acordeão ali mesmo, e também corri para a coberta, já apinhada de gente, braços e lenços brancos levantados para o último adeus. E o solavanco do navio, ao desprender-se do cais, pareceu-me um soluço, um enorme e lúgubre soluço.

Tio Consolato e tio Carmelo nos esperavam no cais de Santos. Foi grande a alegria dos três irmãos, ao reencontrar-se: tio Consolato havia chegado ao Brasil em 1922, aos dezessete anos; tio Carmelo, o caçula dos irmãos, havia chegado em 1948, após passar dois anos prisioneiro na Alemanha, e desde então morava com o irmão.

Em Santos nos dividimos: nossos pais e você tomaram o trem, para levar a nossa bagagem, acompanhados por tio Carmelo. *Nonna* Consolata, Maria e eu ficamos com tio Consolato, e tomamos um ônibus até São Paulo, e depois um táxi até a rua Castro Alves.

Saindo da cidade de Santos, o ônibus passou por uma área plana e alagadiça, coberta por uma vegetação de arbustos e árvores baixas, num emaranhado de raízes que pareciam esqueléticos braços erguendo-se da lama escura, a sustentar as plantas. Aqui e acolá, apareciam casas de madeira sobre palafitas: uma paisagem de começo de mundo, que Maria e eu olhávamos assustadas, sem acreditar.

Depois o ônibus começou a subir por uma estrada que serpenteava por uma encosta íngreme, no ar saturado de umidade, ora sumindo no meio da mata, ora atravessando abismos em pontes sustentadas por altas colunas. Subíamos entre rochas gotejando água, cobertas de musgos verdes e rodeadas de pequenas flores coloridas, pequenas cachoeiras borbulhantes, e verde, verde, verde de todos os matizes, nas árvores de diferentes alturas e no emaranhado de plantas do sub-bosque, reino da sombra úmida. Tão diferente dos bosques que conhecíamos, uma vegetação tão densa e selvagem que impunha respeito e medo.

E de repente tudo ficou encoberto por uma espessa neblina: havíamos mergulhado nas nuvens, avistadas de longe. Ao sair da neblina, já não havia mais curvas e a estrada seguiu entre morros, também verdes de mata, mas que logo cederam lugar a colinas suaves, cobertas de vegetação rasteira.

Maria e eu continuávamos a olhar, nos perguntando quando chegaríamos à cidade de São Paulo, para ver os arranha-céus, que haviam alimentado nossa fantasia. Mas a viagem continuava, e agora o que se via, aqui e acolá, eram casinhas baixas, isoladas no meio dos campos. Mas aos poucos as casas foram se adensando, começaram a aparecer casas de dois ou três andares, via-se que formavam quarteirões, que já estávamos entrando na cidade, mas nenhum arranha-céu à vista. 'E i grattacieli?', perguntei a tio Consolato. 'Eles ficam no centro da cidade. Amanhã vou levar você para conhecê-los', respondeu ele.

A casa da Castro Alves era um sobrado que dava diretamente para a rua, como era costume nas casas mais antigas, e originariamente construída com paredes de adobe. A parte térrea havia sido totalmente reformada por meu tio, mas a parte superior, à qual se chegava por uma escada de madeira, ainda conservava as paredes internas originais. Por ocasião da reforma, me contaram depois, no fundo do quintal foi encontrado um 'tronco', antigo instrumento de tortura, vestígio do tempo da escravidão.

Um portão de ferro baixo dava acesso a uma ampla entrada lateral, de ladrilhos vermelhos, com uma planta de camélia, à direita de quem entrava, embaixo da qual um banco de madeira convidava ao descanso. O terreno se abria num vasto jardim com canteiros de rosas e samambaias e, para o fundo, havia um pequeno pomar e um galinheiro, onde, mais tarde, os três irmãos construíram uma cancha de bochas, e jogavam aos sábados e domingos, imaginando, quem sabe, terem voltado à aldeia natal. Era como uma chácara, no bairro da Aclimação, não longe do centro da cidade. E ali, atrás da casa, via-se uma construção recente, pintada de branco: eram os três quartos e um banheiro, que tio Consolato mandara construir para nos acolher. A cozinha havia sido adaptada na lavanderia da casa, separada dela por um armário.

Quem nos recebeu no portão da Castro Alves foi tia Maria, mulher de tio Consolato, imigrante ela também, vinda de Portugal. Quando viu o táxi chegar, ela parou de regar os canteiros e veio ao nosso encontro, muito afável, se apresentando e perguntando o nome de cada um.

Na certa — mas nisso pensei bem depois — não devia ser nada fácil para ela receber de uma só vez sete pessoas da família do marido, sendo que um irmão dele já morava há alguns anos na casa. Mas ela não demonstrou nada disso e logo nos fez entrar em sua casa, conduzindo-nos até uma sala ampla, com sofás confortáveis, tapetes macios e uma grande mesa de jantar.

Quando o caminhãozinho com nossas bagagens parou diante do portão, era o final da tarde e começava a escurecer. Ao ver todas as nossas coisas sendo retiradas do caminhão e de novo carregadas nas costas, não pude deixar de pensar na noite da nossa partida de São Francesco e senti uma tristeza indizível. O que terão pensado os vizinhos, na manhã seguinte, ao ver que não estávamos mais na casa? O que terá pensado Franco? Será que pensava em mim, perguntando-se onde eu estaria? Terá perguntado à família de Maria? Mas a ordem era não dizer a ninguém para onde havíamos partido. Ordem do nosso pai, claro. Ninguém podia dizer onde estávamos, e Franco não pôde saber, até aquele nosso primeiro reencontro, passados trinta anos. Estávamos muito bem protegidos por aquele silêncio, exigido por nosso pai. E eu estava lá, agora, naquela nova realidade tão estranha, vendo nossas bagagens sendo carregadas de novo nas costas, sem saber como seria minha vida no novo lugar.

Pouco depois chegaram nossas primas brasileiras, filhas de tio Consolato: Gilda, Dirce e Neide. Terezinha, a mais velha e já casada, conheceríamos no sábado, com o marido Milton e os dois filhos pequenos.

Nossas primas chegaram curiosas de conhecer a nova família italiana, se apresentaram misturando algumas palavras italianas ao português. Elas falavam e perguntavam, de tanto em tanto: '*Capisci?*'. Não, não entendíamos uma só palavra. Aliás, já no saguão da alfândega, a língua portuguesa me parecera totalmente incompreensível, com sons que me pareciam impossíveis de serem pronunciados. E aquilo me havia aterrorizado. Como poderia estudar, numa língua assim? E quase chorei. Tio Carmelo percebera e se havia aproximado dizendo: '*Non ti preoccupare!* Você vai se acostumar!'.

Estávamos tentando nos entender, as três primas e nós, quando na porta apareceu uma garotinha negra que, encabulada e de cabeça baixa, balbuciou umas palavras: "*Mangiare!*", disse Dirce, traduzindo o recado da menina.

Aquilo era um fato totalmente novo: era a primeira vez que eu via uma menina negra, e vê-la, assim encabulada, anunciar que o jantar 'dos senhores' estava servido, me deu um senso de mal-estar, sentindo-me encabulada eu também. Soube depois que era filha de uma senhora que vinha ajudar minha tia uma ou duas vezes por semana, e a trazia porque não tinha com quem deixá-la. Eu sabia o que era ser filha da empregada, se pudesse diria isso à menina, mas não sabia dizer, e passei constrangida na frente dela, que continuava parada na porta, de cabeça baixa, esperando os 'senhores' passarem para ir jantar na grande mesa da sala.

* * *

Você se lembra daquele primeiro jantar, na casa de tio Consolato, Lilio? O que me causou maravilha foi a quantidade de comida na mesa: havia macarrão, arroz, feijão, uma travessa com bifes, outra com frango e batatas assadas, outra com salada e uma travessa cheia de queijo ralado. Para tio Consolato, tia Maria serviu uma sopa especial, num prato fundo, que ele recebeu com um sorriso de satisfação e agradecimento.

Uma diferença enorme com as jantas a que estávamos acostumados, que consistiam num único prato, quase sempre acompanhado de alguma verdura cozida ou uma salada e, por fim, uma fruta, geralmente maçã ou laranja. Havia o dia de macarrão, de *risotto*, de *minestrone*, o dia de *polpette* ou ovos ao molho, a terrível *trippa* às quintas-feiras, o bacalhau com batatas, às sextas-feiras, sempre tudo comido com pão, com o qual, literalmente, se limpava o prato. Eu detestava a *trippa* só de vê-la, e nossa mãe fritava um ovo para mim. Mas, numa quinta, nosso pai disse que eu estava sendo mimada, e me obrigou a comer a *trippa*. Nossa mãe até tentou me defender: 'Ela não gosta de bucho...', disse. Mas nosso pai respondeu: 'Não tem de gostar ou não, tem de comer o que há!', e ordenou que ela retirasse o ovo da minha frente e colocasse a *trippa*. '*Mangia!*', ordenou. Eu enfiei um pedaço na boca, mas, quando comecei a mastigar, tive ânsia e o joguei de volta ao prato. Foi quando me alcançou outro de seus memoráveis tapas, que quase me fez cair da cadeira. Não lembro se pude comer o ovo frito e a verdura, ou se fui dormir sem comer. Acho que você não estava à mesa naquela noite, Lilio.

"Realmente acho que eu não estava, porque não lembro desse outro tapa. Sempre que podia, fugia daquelas jantas, que nosso pai transformava na hora mais angustiante do dia. Não podíamos nos sentar enquanto ele não se sentasse, e nunca o vi satisfeito com o que nossa mãe punha na mesa. Nunca o ouvi dizer: 'Está gostoso!'. Não! Sempre: '*È un po' sciapo*'. Uma noite fui tentado a despejar o saleiro inteiro no prato dele. Que pusesse sal! Mas não, ele nunca daria uma satisfação, nunca faria um gesto de satisfação e agradecimento à nossa mãe. Além do mais, e talvez o pior de tudo, ele transformava o jantar numa espécie de inquisição: devíamos fazer, um de cada vez, o relato detalhado de tudo que havíamos feito durante o dia. Lembro que você começava toda feliz, enumerando as notas altas em latim, em italiano... Eu chegava atrasado de propósito, me demorava no banheiro... Deveríamos perguntar o que ele havia feito, isso sim! Se soubéssemos..."

Mas, na mesa do nosso tio, todo mundo se sentou alegre e descontraído: era a hora do encontro familiar, do prazer de estar juntos, e tio Consolato olhava em volta com um sorriso de satisfação. Eu me servi de macarrão e, quando estendi o braço para pegar daquele abundante queijo ralado, meu tio me parou com um rápido '*No*!'. 'Não posso pôr queijo, tio?'. 'É que não é queijo, é farinha de mandioca, para se pôr sobre o feijão!', respondeu ele, dando-me outra vasilha, bem menor, com queijo ralado.

Farinha sobre o feijão? Aquilo era uma novidade, e novidade também foi ver que todos punham a comida misturada num só prato, inclusive o macarrão. Mas eu não misturei, terminei o macarrão, depois me servi de bife, batatas e salada, tudo apetitoso, sem contar que era a primeira vez que eu comia um bife de carne bovina (anos mais tarde, num livro de Emílio Franzina, que reunira cartas de imigrantes italianos de fins do século XIX, oriundos do Veneto e instalados em Santa Catarina e Rio Grande do Sul, leria que todos, em suas cartas, falavam eufóricos da abundância de carne no Brasil, o que resultava num chamariz para os habitantes daquela região italiana então miserável, em que a polenta era a base da alimentação).

Na hora da sobremesa, outra novidade: chegou uma bonita bandeja, com fatias longas de uma fruta de linda cor alaranjada, sem casca, nem semente. Achei que era melão e me servi de uma fatia. Mas, ao pôr um pedaço na boca, senti seu gosto como algo apodrecido, ou como um gosto de terra, embora não soubesse que gosto teria a terra. Mas foi isso que senti. E talvez fosse verdade, devia ser o gosto da terra à qual eu chegara sem querer chegar, e que eu rejeitava de muitas formas.

* * *

Todas as frutas novas tinham gosto estranho, a partir daquelas que se encontravam no quintal da Castro Alves: as jabuticabas, as goiabas e as mangas. 'As jabuticabas são as cerejas brasileiras!', disse tio Consolato, apontando para as inúmeras bolinhas pretas que recobriam o tronco da árvore.

Aquelas frutinhas, nascendo diretamente do tronco, eram algo muito bizarro, eu nunca teria imaginado coisa semelhante, e, curiosa, peguei a que meu tio me estendia e a mordi, esperando o gosto de cereja: mas a polpa gosmenta que pulou de dentro da casca dura para minha boca causou-me asco e, sem nem sentir o gosto, cuspi tudo e não olhei mais para a tal planta. Não olhei até aquela manhã, inesquecível, em que nossa mãe me despertou para que eu visse a jabuticabeira em flor, dizendo que nunca tinha visto nada tão lindo, frase que repetia, extasiada, diante da neve que explodira em mil delicadas flores, recobrindo o tronco da árvore por inteiro.

Quanto às mangas, eram muito ruins de comer, pois enchiam a boca de fiapos, e as goiabas, essas nem cheguei a experimentar, repelida pelo cheiro, a mesma coisa acontecendo com o abacaxi, que eu já vira na Itália, nos quiosques de frutas, mas que nunca provara, nem tinha ideia de como se comia.

A verdade é que sentíamos muita falta das nossas frutas, principalmente nossa mãe, cujas frutas preferidas, as peras e as maçãs, eram proibitivas para nós. Sem falar em outras, como as cerejas, que nem existiam, e os pêssegos que, além de caros, eram insossos. Muitas vezes ela falava do pessegueiro que deixara na Itália, repetia que no último verão havia dado cinco pêssegos: 'Cinco, como os dedos da mão, um para cada um de nós!', dizia, e se perguntava: 'Quantos pêssegos dará, neste verão?'.

Mas as bananas, estas sim, que festas, que banquetes! Nossa mãe as comprava em pencas, na feira, matando uma fome antiga, do tempo em que só de vez em quando, talvez uma vez ao mês, ela se permitia o luxo de trazer do mercado uma banana, que reservava para a noite, quando, depois da janta e diante de nossos olhos em febril expectativa, a descascava com cuidado, a apoiava no prato, a cortava em cinco partes iguais, e entregava um pedacinho a cada um. E ninguém conseguia sentir plenamente o gosto daquela fruta.

De qualquer modo, também as bananas reservavam para nós, aqui no Brasil, uma novidade: foi com surpresa que descobrimos que havia especificações que as distinguiam, e que era preciso dizer, na hora de comprar: banana-nanica, banana-prata, banana-maçã, banana-da--terra. Algumas continuavam proibitivas para nós, mas nossos banquetes de nanicas pintadinhas iam muito além daquilo que poderíamos ter sonhado, antes de partir!

Tia Maria se encarregou de acompanhar nossa mãe e Maria à feira, para ensiná-las a comprar, dizendo-lhes o nome dos produtos, e levando-as para as barracas que ela costumava frequentar, onde as apresentava como 'a cunhada e a sobrinha italianas'. Eram tempos em que São Paulo era abastecida pelo chamado 'cinturão caipira', formado pelas áreas rurais próximas, de agricultura tradicional, que forneciam produtos básicos como alface, couve, batatas, cenouras, mandioca, quase sempre vendidas pelos próprios produtores.

Mas, aos poucos, as feiras melhoraram em diversidade e em qualidade, pela chegada de agricultores japoneses, que introduziam produtos novos. Lembro a alegria de nossa mãe no dia em que encontrou ervilhas frescas, feijão em vagem, e, maravilha das maravilhas, favas frescas. Lembro com que prazer todos nós abrimos as favas, aspirando quase com volúpia o cheiro de seu interior, recoberto pela delicada penugem branca, no meio da qual jaziam as favas verdinhas. Mas o auge foi quando, carregando-as em triunfo, nossa mãe chegou em casa com alcachofras. 'Agora se encontra de tudo, mas no começo foi muito difícil. Não era só o coração a sentir saudade, a barriga também sentia!', disse ela, pouco antes de morrer.

* * *

No dia seguinte à nossa chegada, tio Consolato me levou com ele para conhecer sua oficina de sapatos, na Praça da República: 'Assim poderá ver os arranha--céus!', disse ele. Dirce nos acompanhou: lembro de sua blusinha branca e da ampla saia de tecido plissado, com desenhos abstratos de várias cores, que ondeava ao redor de sua minúscula cintura, ao seu caminhar elegante, nos sapatos de salto alto. Olhava sua saia e sentia vergonha da minha, uma saia vermelha godê, com um bolso que imitava uma cesta de frutas, que meu pai comprara em Via del Tritone, para a viagem.

Na Vergueiro, tomamos um bonde em que estava escrito 'Cidade'. Perguntei a meu tio se queria dizer '*città*' e ele disse que sim. 'Mas aqui não é '*città*?', perguntei. E ele me disse que sim, mas que o nome 'cidade' no bonde significava 'centro'. Descemos na Praça João Mendes e seguimos a pé. Passamos ao lado da Catedral, depois percorremos a Rua Direita e meu tio disse que se tratava da rua mais movimentada da cidade, como eu bem podia verificar, e, adiante, paramos na metade do Viaduto do Chá. Meu tio, abrindo os braços e indicando o Vale do Anhangabaú, me disse: '*Guarda che bello!*'.

Olhei e não vi beleza alguma: vi um amontoado de prédios cinzentos, de diversas alturas, alinhados nos dois lados da avenida por onde circulavam ônibus e carros. Devo ter feito cara de desencanto, porque meu tio voltou a repetir, com o tom de quem queria me convencer: '*Guarda che bello!*', indicando-me a passagem em desnível na Avenida Anhangabaú por baixo da São João, dizendo-me que era de recente construção, e que era um dos orgulhos dos paulistanos. '*Guarda quanta gente!*', dizia, mostrando-me as duas fileiras de pessoas que seguiam, apressadas e compactas, para um lado e para o outro, pelo Viaduto do Chá.

Só anos depois pude compreender o entusiasmo de meu tio: ele chegara em 1922, vindo diretamente de sua miserável aldeia, sem conhecer nenhuma cidade, e havia acompanhado o crescimento de São Paulo, nos últimos trinta anos, com o mesmo entusiasmo de todos que aqui moravam.

Mas, naquele momento, eu não podia compreender. Estava encapsulada dentro da minha rejeição, e eram vivas por demais, em meus olhos, as imagens da minha cidade natal, a Roma cor de ocre, chamejante ao pôr do sol, com suas praças e fontes, a harmonia de sua beleza antiga, ao mesmo tempo soberba e maternal, imagens muito doloridas ainda e que se sobrepunham à cidade cinzenta e apressada que eu tinha à minha frente, e quase chorei, ali, no Viaduto do Chá, olhando essa avenida de nome tão estranho, com carros e ônibus passando por ela sem parar. Creio que meu tio percebeu, porque disse: '*Andiamo!*'.

A oficina ficava na Praça da República, que eu já conhecia por um cartão postal, mandado por meu tio, e a senti quase familiar, com seus laguinhos cheios de patos, as pequenas pontes de madeira, e bancos, onde pessoas liam jornal ou conversavam tranquilamente.

Meu tio me mostrou toda a oficina e eu fiquei encantada com tantos sapatos femininos, todos lindos e requintados: 'Espere um pouco', disse tio Consolato, olhando meus pés. Entrou atrás de uma cortina e saiu com um par de sapatos nas mãos, de cor bege, de salto alto e fino: 'Experimente!', disse. 'Ainda não uso salto alto!', respondi. 'Pois vai usar agora! *Sei già una signorina*, e com certeza estes não vão estragar seus pés'.

O lindo sapato parecia ter sido feito para mim. Olhei no espelho e uma imagem perturbadora apareceu diante de meus olhos: o contraste entre a minha saia, quase de menina, e os sapatos elegantes, que tornavam minhas pernas quase de mulher.

* * *

Dois dias após nossa chegada, Neide, ajudada pela mãe, que aprendera a falar um pouco de italiano com o marido, me perguntou se eu já havia tomado banho naquele dia. E eu, surpreendida pela pergunta, respondi candidamente que não, que havia tomado banho no navio, antes de descer. Ela, ouvindo minha resposta, traduzida pela mãe, me agarrou imediatamente pela mão e me levou até o banheiro da casa, que era espaçoso, com uma banheira e um amplo chuveiro.

Com voz firme, mandou que eu tirasse minha roupa e, para que eu entendesse, começou a tirar a dela. Tirei, mas parei na calcinha. '*Tutto*!', disse ela, e me empurrou para o chuveiro, entrando ela também.

Pediu que levantasse meu braço, erguendo o dela para eu entender. Levantei sem saber o porquê, só entendi quando vi a gilete na mão dela. Baixei rapidamente o braço, apertando-o contra o corpo. 'No Brasil, *così*', disse Neide, erguendo de novo seu braço e passando a mão em sua axila lisa. Fiquei apavorada, imaginando o escândalo que faria nossa mãe ao ver minhas axilas depiladas: na Itália daquele tempo, não ocorreria a nenhuma moça decente a ideia de depilar as axilas.

Mas Neide continuou insistindo: '*Io parlo* com titia!', disse, forçando-me a levantar o braço e tentando segurar o riso, dizendo uma frase que não entendi. Afinal me rendi e deixei Neide depilar minhas axilas e me senti um pouco mais nua. '*Adesso*, as pernas!', disse Neide, apontando para minhas pernas peludas. '*Le gambe, no*!'. '*Le gambe, sì*!' retrucou ela, e repetiu: '*Io parlo* com titia'. E terminou com o dedo em riste: 'No Brasil, banho *tutti giorno*!'. Banhos todos os dias? Aquilo, sim, foi uma novidade e tanto!

Anos depois, demos muitas gargalhadas, Neide e eu, ao relembrar o episódio, que fora quase um ato de iniciação à nova vida. 'Você parecia uma macaca', disse Neide, rindo gostosamente.

Ao sair do banho, Neide me levou para seu quarto, abriu um armário, tirou um vestido do cabide: '*Bello*?', perguntou. Eu olhei o vestido bege, com minúsculos raminhos marrons, olhei o decote nas costas, a ampla saia rodada: 'Si, è bello!'. 'È tuo!', disse ela, e mandou que eu o experimentasse. O vestido caiu como uma luva em mim, pois embora eu fosse mais magra, tínhamos quase a mesma largura de ombros e a mesma medida de cintura. Em seguida, ela pegou de cima da cama um saiote engomado, mandou que eu o vestisse sob a saia, e a saia se estufou e balançou à minha volta. 'Agora, sim!', disse Neide satisfeita, virando-me para o espelho de corpo inteiro, pregado na parte interior da porta do armário.

Pareceu-me ver outra pessoa. Fiquei encantada ao olhar o vestido, o amplo decote nas costas, a cintura que parecia mais delgada, a ampla saia que chegava um pouco abaixo da panturrilha e combinava bem, na cor, com o sapato que meu tio dera. Me imaginei dançando com aquele vestido, rodopiando num amplo salão, a saia se abrindo em toda sua amplidão e me senti feliz. 'Agora só falta cortar uma franja no cabelo!', disse Neide, e tocava sua espessa franja para eu entender.

Neide, de certa forma, me tomou sob sua tutela, depois daquele banho inaugural. Ela já tinha um namorado e queria que eu também arranjasse um. Eu dizia que meu pai de maneira alguma permitiria, pois eu tinha de estudar. Não podia, nem saberia dizer a ela que eu já tinha um grande amor no coração, com o qual me casaria, quando voltasse à Itália, dentro de três anos.

Neide frequentava bailes e festas, mas nosso pai nunca me deixou ir. Só podia ir ao cinema com ela algumas tardes, ou passear pela cidade. E disso eu gostava. Íamos nós duas, com nossos vestidos de cintura apertada e a ampla saia rodada, estufadas pelos saiotes engomados, os rabos de cavalo compridos, os sapatos de salto alto, uma bolsinha e umas luvinhas de crochê de linha de algodão bem fininha, que Neide emprestava para mim.

Íamos aos cinemas do centro da cidade, os mais elegantes — o Paissandú, o República, o Metro — e, passando na frente das vitrinas, eu me via tão diferente e pensava no que diria Franco se me visse assim, uma verdadeira senhorita.

Mas também brigávamos muito, Neide e eu. E a briga sempre começava quando eu cantava. Eu cantava músicas italianas, e, não raro, trechos de ópera. De longe ela gritava: 'Está dando à luz?', e eu, de propósito, cantava mais alto. Ela se aproximava e dizia que aquilo não era música, era mulher parindo, e que os italianos enchiam com suas músicas, com suas lamúrias, que chegavam mortos de fome e depois choravam de saudade, que era melhor que tivessem ficado na terra deles, e que a Itália era toda uma velharia, um amontoado de casas velhas e feias.

Eu respondia à altura, dizia que Roma era linda, que a Itália era linda, que uma coisa é ser velha e outra é ser antiga. 'Por que veio, então?'. 'Eu não queria. Meu pai é que me trouxe à força'. 'Vá pra lá, então, vá pra lá!'. 'Se eu pudesse!'". Ela me virava as costas: 'Turrona!', dizia e ia embora. Mas logo depois me chamava de longe: 'Prima!', e eu ficava feliz.

Anos mais tarde, por uma dessas ironias do destino, Neide se casou com um italiano e, depois de visitar a Itália pela primeira vez, veio até mim, com lágrimas nos olhos, dizendo: 'Sua turrona, você tinha razão: a Itália é linda!' e, abraçando-me, falou em meu ouvido: 'Agora entendo sua dor de então, a saudade que você tinha da sua terra, mas como eu podia saber, naquele tempo?'.

* * *

A palavra saudade, me disseram, era a mais linda de todo o vocabulário português e não havia similar em nenhuma outra língua. Disseram tratar-se de tristeza, de um sentimento profundo por estar afastada de um ser, de um objeto, de um lugar querido: 'Nostalgia?', perguntei.

Eu aprendera que nostalgia é a 'dor do retorno', personalizada em Ulisses, na *Odisseia* de Omero. Ulisses, que vagou dez anos pelo Mediterrâneo, ansiando por sua '*petrosa* Ítaca', a terra natal, após o fim da guerra de Troia.

Mas eles insistiram que saudade era mais que nostalgia, uma palavra que só existia na língua portuguesa, e que só sentindo-a se podia entender seu significado.

Saudade... seria essa a palavra que dizia, em português, tudo aquilo que sentíamos na carne? A palavra era de fato bonita e era gostosa de se pronunciar: parecia que, ao pronunciá-la, de certa forma aliviava aquilo que estava contido em sua semântica. Era como se a beleza da palavra contivesse em si o antídoto para seu significado, como poesia, que abranda a dor de que fala.

Nós buscávamos abrandar a saudade nas cartas. Esperávamos com ansiedade as cartas da Itália: elas eram o único contato que podíamos manter com as pessoas que havíamos deixado, o único sinal de que a vida continuava lá, sem nós. E gostávamos de saber como era essa vida em nossa ausência, e as cartas que enviávamos tinham por fim levar nossa vida até eles, como as cartas recebidas traziam a vida deles até nós. Eram, as cartas, o único território possível onde se realizava a junção de vidas vividas em territórios tão distantes.

Eu mandava cartas para meus ex-colegas e professores, e recebia cartas deles, do professor de Letras, da professora de Francês, de um ou dois colegas. Mandava cartinhas também para *nonna* Gemma, e ela me respondia falando da sua preocupação com minha vida, '*in un paese straniero*'. Lia as cartas que minhas tias e meus tios mandavam para nossa mãe, e sempre enviava beijos e lembranças nas respostas. Escrevia para o irmão mais novo de Maria, na esperança vã de que ele as mostrasse para Franco, de quem era vizinho e amigo.

Mas as cartas que eu mais desejava escrever e ler eu não as podia receber nem enviar. E, na impossibilidade de fazê-lo na realidade, comecei a fazê-lo em minha imaginação. Eram cartas de amor dirigidas a Franco, nas quais eu podia expressar, sem medo, todo o carinho e toda a ternura guardados dentro de mim. Contava a ele como era o mundo em que eu vivia agora, falava das florestas e dos arranha-céus, da dificuldade da língua portuguesa, da estranheza de andar pelas ruas ouvindo essa língua, da vontade que eu tinha de ouvir falar italiano e a saudade de andar pelas nossas ruas, de tomar o trem juntos, rumo à escola. Dizia que em breve voltaria, como prometera meu pai, e caminharíamos juntos à beira-mar, o nosso Mediterrâneo, e não esse imenso oceano que nos separava.

E ele escrevia que a vida continuava a mesma lá, que ele caminhava pelas nossas ruas ouvindo falar italiano, mas sentia falta de ouvir minha voz, e sentia falta de mim no trem que continuava tomando todos os dias para ir à escola, que na escola muitas vezes se surpreendia olhando a turma do ginásio, imaginando me ver no meio deles, ver pelas costas meus cabelos pretos, e de repente eu me virar e sorrir para ele. Agora ele estava no primeiro ano do Liceu Clássico, dizia, e haviam começado a ler o *Inferno*, de Dante. Mas para ele o inferno era não me ver mais, passar diante da minha casa e não me ver. 'Eu esperarei por você o tempo que for preciso, sempre estarei aqui, esperando sua volta', concluía sempre.

Eram cartas como essas que eu escrevia e recebia, em meus devaneios, e as guardava todas, uma a uma, nos refúgios mais recônditos do meu coração, um espaço só meu, ao qual ninguém tinha acesso.

* * *

No intuito de fazer com que eu esquecesse as paisagens amadas deixadas para trás, nosso pai me levava em viagens pelos trens que, então, partiam de São Paulo, irradiando-se em todas as direções. Descemos a Serra do Mar, penetrando no coração da floresta, pela Santos-Jundiaí, descemos pela Sorocabana, ou então tomávamos trens de subúrbio para conhecer os arredores de São Paulo. O mais lindo foi uma viagem pela Cantareira, num trenzinho que, atravessando o encantador verde da mata, subia bufando entre curvas e fagulhas. Eu, deslumbrada à janela, olhava tudo como se tivesse entrado nas páginas de um livro de fábulas, pois finalmente conhecia *'la foresta brasiliana, la giungla'*, de que tanto ouvira falar. Era lindo viajar de trem! Ou então, numa estação, esperar algum trem que chegasse de longe, porque um trem sempre traz consigo o lugar distante de onde vem.

Foi assim naquele dia. Estávamos na estação do Brás, não lembro se íamos pegar um trem ou havíamos chegado, mas estávamos na estação e vimos chegar um trem. O trem chegou, entre o chiado de freios e ferragens, e nosso pai e eu, em pé na passarela, ficamos olhando do alto, curiosos de ver. E quando as portas se abriram e o trem depositou sua carga na plataforma, olhamos como se víssemos um pesadelo, uma horda de miseráveis, gente esfarrapada, descalça ou segurando com os dedos dos pés miseráveis restos de chinelos, de cabelos desgrenhados, carregando nas costas miseráveis sacos, homens, mulheres e crianças, crianças aos montes, mulheres barrigudas carregando crianças no colo e outras agarradas às suas saias, crianças descalças e de rostinhos sujos, de olhos arregalados e assustados. Desciam e desciam, não paravam de descer, como se naqueles vagões estivesse espremida toda a miséria do mundo. Nosso pai, atônito, perguntou de onde vinha aquele trem: 'Do Norte!', responderam. 'O Norte? Onde fica? É Brasil também?'. 'Claro que é Brasil, moço!'

O livro, que o Consulado Brasileiro em Roma distribuía entre os que iam emigrar, falava das riquezas de São Paulo, do fértil planalto recoberto de cafezais, e das cidades que cresciam e se industrializavam. Tudo verdade, mas não toda a verdade do Brasil, e aquele trem trazia até nós a realidade de outras partes do país, que desconhecíamos completamente.

Haviam começado as migrações internas, do Nordeste para São Paulo, substituindo as grandes migrações internacionais, provenientes da Europa, principalmente da Itália, como era nosso caso. Nos demos conta, naquele dia, que também o Brasil se dividia em duas partes. Na Itália, havia um Norte rico e um Sul miserável. No Brasil, um Sul rico e um Norte faminto. Bem mais tarde, cursando Geografia, me daria conta de que não existiam só dois Brasis, como havia escrito um estudioso francês, mas muitos Brasis, diferentes uns dos outros por formas de desenvolvimento e cultura, ou por diferentes formas de miséria. Mas aquela visão, daquela gente descendo do trem, em busca da Meca que era São Paulo, ficou guardada em minha memória para sempre, e talvez tenha sido ela a me fazer deixar os estudos clássicos, até então minha paixão, para cursar Geografia, arrebatada pela nova paixão de conhecer este imenso e tão diversificado Brasil.

* * *

São Paulo era, de fato, o sonho de todos, o lugar do trabalho e do dinheiro, onde todos acreditavam enriquecer facilmente. Todos falavam com orgulho que São Paulo era a cidade que mais crescia no mundo, que a cada dia eram construídos não sei quantos novos prédios, quantas novas casas, quantas avenidas e viadutos, e que em breve, mantendo o ritmo de crescimento, ultrapassaria Rio de Janeiro e Buenos Aires. Eu não entendia essa febre de crescer. A frase 'São Paulo não pode parar' estava espalhada em cartazes pela cidade toda, inclusive nos bondes e nos ônibus. O ritmo frenético tomara conta de todos. Ninguém caminhava pelas ruas, todos passavam apressadamente. Só na Barão de Itapetininga senhoras elegantes caminhavam devagar e paravam para olhar as vitrinas. As outras ruas eram apenas corredores, por onde todos passavam sem cessar, apressados.

São Paulo realmente crescia, alongando seus tentáculos ao redor, ao longo das ferrovias, em volta das quais surgiam loteamentos, onde se instalava a população mais pobre, aproveitando o rápido meio de transporte. Mas não era só nas áreas periféricas que as paisagens mudavam rapidamente. No próprio centro se verificavam mudanças constantes, de modo que a cidade parecia um eterno canteiro de obras: ruas que se tornavam avenidas, praças que se alargavam sacrificando construções mais antigas, prédios derrubados para dar lugar a outros mais altos, pontes e viadutos que eram substituídos por pontes e viadutos mais modernos. Tudo sob o aplauso da população, que afluía para presenciar, eufórica, cada nova inauguração.

Parecia que ninguém se importava com a cidade que desaparecia, que escapava entre os dedos, que nascia diferente a cada dia. Parecia que todos queriam apagar a memória fixada no chão: só interessava a cidade que seria, a grande gloriosa metrópole do futuro.

Era muito estranho para nós, vindos de Roma, onde o passado se fazia presente em todo lugar, nas pontes, nos viadutos, em cada resto de muro encontrado nas escavações, nas antigas estradas, que conservavam as pedras originais. Convivíamos com a Roma Imperial, nos orgulhávamos de seu passado, como em São Paulo todos se orgulhavam da cidade do futuro.

Cheguei a pensar que São Paulo, ao mesmo tempo que abria seus braços a todos, não era a cidade de ninguém, como se ninguém tivesse nascido de seu chão. Era como se todos tivessem vindo de fora, de outros lugares que amavam, e onde haviam deixado seus corações e pensamentos, e São Paulo era apenas o lugar de ganhar dinheiro, o lugar do trabalho, uma encruzilhada para onde todos convergiam, uma estação necessária na vida, à espera de um trem para voltar aos lugares queridos.

Nós também havíamos vindo de fora: São Paulo era uma estranha que era preciso conhecer. E aos poucos a íamos conhecendo, caminhando por suas ruas e praças e viadutos, e subindo em seus edifícios. Íamos aos poucos desenhando um mapa da cidade, fixando-o em nossas mentes: entrávamos na cidade e a cidade entrava em nós.

Gostávamos, principalmente, de subir nos edifícios e contemplar a cidade de lá. E do topo do Banespa, então o edifício mais alto, nossos olhos abrangiam tudo aquilo que era chamado cidade, o centro, já denso de edifícios das mais diversas alturas e tamanhos, uma ocupação praticamente compacta, vendo-se, num lado, uma área urbanizada, com moradias despontando em meio a arvoredos, enquanto no outro, onde a vista podia se espraiar, viam-se construções fabris e altas chaminés, em meio a um casario baixo e áreas ainda não ocupadas.

E eu começava a encontrar um certo encanto nessa cidade, um certo melancólico encanto, que lhe provinha dessa sua cor cinzenta, que, em contraste com a euforia com que todos então aplaudiam suas mudanças, emanava uma vaga e indefinida sensação de solidão e tristeza, talvez porque quisesse ser amada assim como era.

Era bonita a cidade vista do alto: a volúpia da altura havia tomado conta de nós, era uma sensação nova e, sempre que possível, a repetíamos, descobrindo novos ângulos, acrescentando mais um detalhe ao mapa que desenhávamos em nossas mentes. E não raro nos perguntávamos: como será daqui a dez anos?

Nos despedíramos de Roma olhando-a também dos lugares mais altos, do Píncio, do Gianícolo, de Monte Mário: olhávamos do alto a cidade eterna e nos despedíamos dela porque nós partíamos, mas ela ficaria ali, como era, e esperaria por nós, se voltássemos. E agora, do alto dos edifícios, olhávamos a cidade que tínhamos diante dos olhos, e nos despedíamos dela, só que desta vez era ela que partia, que todo dia partia um pouco, cedendo lugar à cidade que viria.

***

No ano anterior à nossa chegada, São Paulo completara quatrocentos anos e minhas primas falavam dos grandes festejos no vale do Anhangabaú, e do Parque do Ibirapuera, que fora construído para aquela data. Eu ouvia e pensava como era ridículo tudo aquilo. Imagine! O que são quatrocentos anos para quem nasceu numa cidade em que os anos se contavam aos milhares, que já existia muito antes do nascimento de Cristo? Mas não dizia nada, para quê? Para ouvir que voltasse para lá? Calava, sem imaginar que, cinquenta anos depois, uma crônica minha, em que declarava meu amor por São Paulo, estaria entre as dez escolhidas para o livro publicado pela Prefeitura, para comemorar os quatrocentos e cinquenta anos da cidade.

Mas ainda estamos naquele tempo, e um dia resolvemos conhecer o Parque do Ibirapuera. Creio que fomos todos nós, numa tarde de domingo. E era bonito mesmo, com todo aquele verde, o laguinho, as veredas que convidavam a passear, volteando no meio das árvores. Uma ilha de paz e beleza, onde se podia esquecer o tempo.

Ao caminhar, demos com um palco de madeira. Diante dele, uma pequena multidão olhava, atenta. Nos aproximamos, curiosos. E vimos três ou quatro casais que dançavam. Dizer que dançavam é pura exageração. Eles arrastavam os pés no assoalho, ao som de um ritmo que nada tinha a ver com os movimentos lentos e penosos, que alguns ainda conseguiam fazer, de tanto em tanto, enquanto outros simplesmente ficavam parados, sem consegui dar um mínimo passo, segurando-se fortemente um no outro, para não cair.

Soubemos que se tratava de um concurso de resistência, em que os casais deveriam dançar por três dias e três noites, com descanso de meia hora de tempos em tempos, para se alimentar, beber, utilizar o banheiro. Alguns conseguiam tirar uma soneca, mas evitavam dormir, o que dificultaria recomeçar a dança. Provavelmente o palco estivera cheio no primeiro dia e os casais dançavam de verdade. Mas foram diminuindo aos poucos, vencidos pelo cansaço. Aquele era o terceiro dia e aquelas figuras exaustas, que pareciam espectros de um homem e de uma mulher, eram os últimos a resistir, os que ainda tinham esperança de ganhar o prêmio em dinheiro, que não devia ser pouco. Creio que vimos um dos casais cair, sendo carregados para fora do palco. Saímos de lá perturbados, nos perguntando que dinheiro valeria o sacrifício de si mesmos, aquela tortura à qual aquelas pessoas se submetiam voluntariamente e como as autoridades permitiam uma competição como aquela. Saímos porque não aguentamos mais ver aquele espetáculo macabro e caminhamos mais um pouco por uma daquelas veredas tão aprazíveis, naquele Parque que era o orgulho de todos.

* * *

"Quando chegamos, nosso pai e eu já tínhamos empregos, providenciados por tio Consolato, que conhecia muita gente importante por ser o sapateiro mais requintado de São Paulo. Acho que, pela primeira vez, nosso pai se dedicou a um emprego com seriedade, com cuidado para não ser despedido. Trabalhava na fábrica de Rádio e Televisão Empire, no centro de São Paulo, e nela trabalhou até morrer. Logo no início, algo o corroía, não sei se era remorso, pois sempre demonstrara não sentir remorso de nada. Mas algo o corroía, e esse algo não lhe dava paz, e acabou por se tornar o câncer que o consumiu inteiro, em poucos anos. Não conseguia dormir, saía para caminhar, ia até a João Mendes e voltava, sem dizer nada. Sempre voltava do trabalho com a cara amarrada, nunca um sorriso, nunca um estímulo. Não podia confessar que estava arrependido, e continuava agindo como dono de todos. Só pouco antes de morrer confessou que havia errado, mas não disse em quê, nem pediu perdão a ninguém. Aliás, quando eu aplicava uma injeção de morfina, a última, naquele corpo que já era pele e osso, me deixou sua última ordem: 'Não brigue com sua irmã!'. Poderia ter dito: 'Obrigado, meu filho!', me chamar de filho pelo menos uma vez, demonstrar um pouco de carinho de pai, pelo menos no último momento. Mas não, me deixou uma ordem!"

Quando falava dele, você sempre ficava tomado de ira e precisava parar um pouco, respirar, tentar lidar com todos esses fantasmas que ainda o atormentavam, odiando-se por não ter sabido enfrentá-los quando poderia. Eu sempre estivera ao lado de nosso pai, contra você. Mas agora eu estava do seu lado, com você, entendendo você e tentando superar também os desentendimentos que nos haviam separado por anos.

"Fui trabalhar na Madame Rosita, o lugar mais elegante da São Paulo de então, onde se vestiam as senhoras mais ricas, que pagavam caro para ter uma roupa exclusiva. Mas fiquei lá apenas dois meses. Eu gostava de costurar roupas masculinas. Num fim de semana, Maria e eu costuramos um terno encomendado por um amigo de Gilda. Ele gostou muito, falou com amigos seus e logo começaram a chover pedidos. O corte italiano era muito elegante, muito apreciado. Por isso decidimos, Maria e eu, trabalhar juntos, por conta própria, como havíamos começado a fazer em San Francesco, com a diferença que aqui eram pessoas de posse, que podiam pagar bem. E o quarto onde dormíamos à noite se tornou a nossa oficina, de dia."

Dos três cômodos construídos por tio Consolato, *nonna* Consolata e tio Carmelo ocupavam o primeiro, ligado diretamente à casa por alguns degraus. E havia um vão, uma espécie de arco, na parede que o separava do quarto em que dormiam Maria e você. Para conseguir um pouco de intimidade, vocês puseram um armário na frente do vão. O armário podia cobrir a vista, mas não as vozes, nem os rumores, o que impedia vocês, ainda recém-casados, de terem plena liberdade à noite.

Nossos pais e eu dormíamos no outro quarto. Havíamos voltado ao tempo do barraco, dormindo num só cômodo e eu chorei, na primeira noite e nas seguintes, ao lembrar o quarto só meu em San Francesco. Chorava baixinho, afundando o rosto no travesseiro para que não me ouvissem.

* * *

Dois ou três dias depois de nossa chegada, tio Carmelo anunciou contente que havia arrumado um trabalho para mim, na fábrica em que ele trabalhava como torneiro mecânico: 'Ela não! Ela estuda!', disse veementemente nosso pai, e repetiu, mais calmo, mas firme: 'Ela estuda, e Consolato me garantiu que há escolas italianas aqui em São Paulo!'. Tio Carmelo foi pego de surpresa pela ríspida reação de nosso pai à ideia de eu ir trabalhar numa fábrica e por saber que eu estudava, e disse: 'Então você precisa ir ao Consulado Italiano'.

No Consulado Italiano de São Paulo, o senhor que nos atendeu olhou nosso pai meio irônico. Devia ser a primeira vez que um imigrante queria que a filha estudasse. Mas, depois de ver as notas no meu boletim italiano, disse que realmente eu merecia continuar meus estudos, e indicou o Colégio Dante Alighieri.

Dirce me acompanhou ao Dante Alighieri. Nos atendeu o vice-diretor, que, ao ver meu boletim, disse que, com aquelas notas, poderia me inscrever no segundo ano do Colégio Clássico, mas seria melhor me inscrever no primeiro ano, por causa das matérias que faltavam no meu boletim italiano: Português, Inglês, Ciências Naturais, História do Brasil e Geografia do Brasil. Informou-me ainda que seria matriculada como aluna 'condicional', devendo, no fim do ano, prestar exames numa Escola Estadual, sobre tais matérias, referentes aos quatro anos do ginásio. Devo tê-lo olhado com pavor, pois ele disse: 'Não se preocupe. Com as notas que tinha na Itália, enfrentará tudo isso com facilidade!'. Disse ainda que no colegial não se estudava mais o italiano, que era ensinado só no ginásio. E eu que pensava que, no Colegial, iríamos ler a *Divina Comédia*!

Naquela tarde, chegando em casa, escrevi uma carta ao meu professor de Letras, e à minha professora de Francês. A escola que eu iria frequentar, contei, era realmente de origem italiana, mas eu não estudaria mais o italiano, perderia o contato com minha língua materna e isso me entristecia sobremaneira. Eu havia escrito cartas para os dois professores, respectivamente em italiano e em francês, detalhando os vários momentos da viagem para o Brasil, e eles as haviam lido em voz alta, na classe. De certa forma, meus colegas haviam viajado comigo até eu tocar a outra margem do Atlântico. Agora a viagem terminara e tudo que me rodeava, na nova terra, me afastava deles. Meus colegas, agora, liam Manzoni, liam a *Eneida* em latim, iriam ler a *Divina comédia* no colegial, enquanto para mim acabara o estudo do italiano e isso me fazia sentir infinitamente longe deles, como se pela primeira vez eu me desse conta de que tudo aquilo havia realmente acabado para mim, e um nó me fechou a garganta. Aquela carta, que havia começado quase como um pedido de socorro, soava como despedida: era a nítida consciência de que meu caminho se havia separado, definitivamente, daquele que meus ex-colegas percorreriam, e não haveria retorno possível, para mim.

* * *

Com minha entrada no Colégio Dante Alighieri, acabou por se criar uma discrepância, um abismo insuperável em nossa família: enquanto Maria e você trabalhavam, eu estudava num colégio particular, e caro. Vi o quanto era caro no dia em que paguei a primeira mensalidade, que era a metade do que nosso pai ganhava. Aquilo me pesou e aumentou minha responsabilidade nos estudos, a única maneira que eu tinha de corresponder àquela despesa. Se antes havia incomodado, no seio da comunidade, o fato de eu ser menina e estudar, agora a situação piorara significativamente, no seio da família e, sem que me desse plenamente conta, uma culpa se instalou em meu coração, uma culpa que se tornou mais pesada, anos depois, quando você me contou que, durante o primeiro ano no Brasil, ainda entregava para nosso pai tudo que ganhava com Maria. De um lado, uma culpa sufocada, do outro um surdo ressentimento, que piorou ao longo dos anos, que por anos nos afastou, que por anos criou uma insuperável barreira entre nós e que só conseguimos derrubar nessas nossas últimas longas conversas. Mas, naquele tempo, a única coisa que eu podia fazer era estudar: não podia pensar em outra coisa.

Nossa mãe encostara a máquina de costura sob a janela do quarto e eu fizera dela minha mesinha de estudo. Era lá que passava meus dias. Era gostoso aquele lugar. De lá, via os canteiros de rosas e samambaias, e começava a me dar conta de quão diferente era a natureza, no novo país. Era outubro, era novembro, fazia calor e chovia quase todas as tardes. Os dias amanheciam esplendorosos, o céu parecendo uma grande cúpula de um azul puro e transparente. Mas, perto da hora do almoço, começavam a aparecer algumas nuvens, primeiro leves e brancas, que iam aos poucos se adensando e tornando-se cinzentas e pesadas, que logo se derramavam numa chuva grossa, que levantava um gostoso cheiro de terra molhada. Era rápida a chuva, em pouco tempo parava e, do chão quente, subiam vapores que davam ao jardim um aspecto quase surreal.

Eu observava aquele espetáculo da natureza, que me encantava e me fazia compreender o porquê da vegetação tão exuberante. Estava acostumada a um verão quente e seco, em que a terra árida raramente recebia o alívio de algum temporal passageiro. E agora vivia um verão em que se aliavam calor e chuva, que possibilitavam às plantas desenvolverem todo seu potencial de crescimento e alcançarem uma exuberância nunca imaginada. Eu olhava encantada os fetos das samambaias, que se desenrolavam de um dia para outro; olhava certas folhas carnudas que, caídas ao chão, deitavam raízes pelas bordas e, como por magia, se tornavam novas plantas; olhava encantada a natureza tão imensa em sua variedade e tão nova para mim.

E ali, naquela mesa de estudo improvisada, de frente para o jardim lavado pela chuva recente, com gotas de chuva que brilhavam nas folhas das samambaias e das roseiras, entre os vapores que subiam do chão, dei meus primeiros passos em direção ao igualmente novo e imenso mundo da língua portuguesa.

No quarto ao lado, Maria e você trabalhavam o dia todo e, na maioria das vezes, noite adentro. No início, você atendia seus clientes na sala que tia Maria disponibilizara para você, pois havia um espelho grande, de corpo inteiro. Mas depois ia fazer as provas, ou entregar o terno pronto, na casa dos clientes, onde você, me contou depois, devia entrar pela porta de serviço.

* * *

"Lià, lembra da nossa felicidade quando vimos pela primeira vez um filme italiano, Maria, você e eu? Lembra nossa surpresa ao ouvir que os filmes não eram dublados, como na Itália, e falavam a língua original? Que alegria ouvir o italiano, ou o romanesco, ou o napolitano! Que música eram aquelas falas! Não só voltávamos a ver rostos e paisagens familiares, como ouvíamos de novo suas vozes, tão mais queridas agora que estávamos longe! Acho que ficamos bobos de tanta alegria, pregados nas cadeiras de onde não queríamos mais nos levantar. Assistimos a duas sessões seguidas, pensando estar sonhando! Chegávamos a esquecer que estávamos num cinema. O encanto acabava quando saíamos e voltávamos para a nossa realidade, tão diferente, tão estranha ainda! A partir desse dia, ficávamos atentos aos filmes que seriam projetados no Cine Niterói, perto de casa, para o qual sempre íamos correndo, depois de jantar às pressas. Corríamos pela Castro Alves, descíamos a Vergueiro e chegávamos esbaforidos, quase sem fôlegos, para entrar naquele nosso mundo distante, onde se falava nossa língua, naqueles filmes vistos sempre duas vezes seguidas, a penúltima e a última sessões e, se houvesse outras, não sairíamos daquelas cadeiras. Nosso pai, naturalmente, não via com bons olhos essas nossas escapadas, fechava a cara, descontente. Mas nós fingíamos não ver, ninguém nos seguraria. Aquela vez unimos nossas forças contra ele. Devíamos ter nos unido mais, dado força um para o outro. Mas não, fomos nos afastando..."

Você ficou em silêncio por algum tempo, me olhou longamente, um olhar que dizia todo o fraternal carinho por mim, por tantos anos reprimido. E continuou: "Não era só dos filmes que nosso pai não gostava, também não gostava que ouvíssemos músicas italianas no rádio. Era uma delícia aquele radinho, lembra, Lià? Com ele conhecemos os ritmos deste lado do mundo. Havia programas de tangos, de boleros, de músicas e canções brasileiras, que eu não perdia porque gostava muito de Ângela Maria. Havia também um programa com canções francesas, e, claro, o outro, com canções italianas, às seis da tarde. Aquele radinho abria nossos horizontes, fazendo-nos também começar a entender o português. Havia um canal com radionovelas o dia inteiro, que nossa mãe também ouvia, sempre que nosso pai não estivesse em casa, porque ele recriminava tudo. E nós devíamos estar atentos quando ouvíamos o programa italiano, porque era a hora em que ele chegava em casa: se ouvíssemos seus passos, desligávamos na hora. Como conseguia nos dominar tanto, Lià? Como eu era imbecil! Se soubéssemos a verdade sobre ele, se soubéssemos que não era o homem de bem que aparentava, se conhecêssemos o lado sombrio dele, as coisas teriam sido diferentes! Mas não foram! E eu, imbecil, desligava o rádio, que ficava o dia inteiro ligado, que era nossa companhia enquanto costurávamos, Maria e eu, naquele quartinho! Desligava para não ouvir aquelas suas recriminações, sempre proferidas com ódio contra a Itália, dizendo que essas canções só serviam para manter ligados à pátria os que ela havia enxotado e espalhado pelo mundo. Falava da Itália sempre com fel na boca, porque temia que a saudade nos arrastasse, queria cortar todos os fios que nos prendiam à terra da qual ele havia fugido. Ah, como gostaria de voltar àqueles dias e, vendo-o chegar, aumentar o volume do rádio, aumentar até o máximo, e ver o que ele faria!".

Você parou de novo, talvez para lembrar como sua liberdade fora sempre asfixiada, talvez para criar forças e me contar outro episódio daquele período, em que você de novo baixara a cabeça para nosso pai.

* * *

A saudade pegou Maria em sua forma mais crua. Ela não se queixava, pelo menos para nós, e nunca a vi chorar, nem mesmo quando recebia cartas de seus pais e irmãos. Mas começou a emagrecer, a ter dores no ventre e no estômago, embora continuasse a trabalhar, sem sair para nada, a não ser aquelas nossas fugidas para o cinema e, uma vez por semana, ir à feira com nossa mãe.

"O doutor Milton, que cuidava de todos na família, descobriu que Maria estava com ameba e lhe receitou os remédios necessários. Mas ela continuava a emagrecer, se tornara a sombra do que era, seu rosto perdera o viço e adquirira uma cor olivácea. E o doutor Milton, que intuíra o motivo profundo daquele estado, disse, com aquele jeito brincalhão que lhe era próprio: 'Está com saudade da terrinha, hein Maria?', e lhe receitou alguns fortificantes. Depois, à parte, me disse que uma criança faria bem a ela."

Realmente, o doutor Milton detectara uma doença que ia muito além da saudade: Maria sofria de uma espécie de 'banzo', essa doença da alma que havia levado à morte um número incalculável de escravos africanos, pela perda, ao mesmo tempo, da terra e da liberdade, e pelo desejo imenso de voltar à própria '*mbanza*', aldeia, na língua deles.

Seria o banzo o correspondente ao '*mal d'África*' de que fala Ungaretti? Giuseppe Ungaretti, nascido na África de pais italianos, fala deste mal como de algo que se apossa de todos que conhecem a África, como um chamamento de tambores na floresta, ao qual é impossível resistir. Não é nostalgia de algo concreto, de um lugar específico, um vale, um monte, uma aldeia, uma cidade. O objeto do desejo é 'África', tão vago e tão impreciso, mas tão forte como um canto de sereias. Ou talvez não seja algo tão vago nem impreciso, mas uma força arquetípica, um despertar da memória longínqua, das lembranças africanas das nossas origens, do nosso berço primordial.

Experimentei algo semelhante numa das minhas últimas viagens à Itália. Estava lá há três semanas, faltava uma para eu voltar à minha casa de São Paulo. E aquela semana parecia interminável. Algo desse meu sentimento devia transparecer em meu rosto, porque minha prima Sandra perguntou o que eu tinha. 'Banzo', respondi sem pensar, como se aquela palavra estivesse há tempos em minha boca, louca para sair. Eu poderia ter dito 'saudade' e todos teriam compreendido, sem a necessidade de explicar. Mas eu disse banzo, maravilhada, eu mesma, de ter dito banzo. Poderia dizer- se 'mal de Brasil'? Por que não? África e Brasil, afinal de contas, já foram uma terra só, antes de se afastarem, antes de o Atlântico separar as duas margens. Uma só terra, Brasil e África, e as duas despertam, ao estar longe delas, esse mesmo sentimento, esse mal incurável que corre nas veias e faz sofrer.

"Nosso pai, ao ver Maria doente, teve medo de que eu quisesse voltar para a Itália. E de fato, uma noite, durante a janta, eu disse que temia pela saúde de Maria e que por isso pensava em voltar com ela, mesmo porque nós dois tínhamos emprego garantido em Roma. Ele começou a piscar forte, como sempre fazia, quando se encontrava frente a um problema sério. E falou manso, com o jeito persuasivo que lhe era peculiar. Pediu paciência, pois esses eram os momentos mais difíceis da adaptação ao clima, à comida, aos costumes. Que logo tudo melhoraria, que havia muitas possibilidades de crescer e ficar rico nesta terra, e que era preciso paciência e perseverança. Que nós esperássemos mais um ano ou dois para tomar a decisão, que permanecêssemos unidos, porque a união faz a força e aí, quem sabe, voltaríamos todos. Era o mesmo discurso que utilizara para nos convencer a aceitar a partida. Discurso hipócrita, naquela primeira vez, discurso para encobrir o medo, agora, diante da possibilidade de Maria e eu voltarmos. Na manhã seguinte, nossa mãe veio falar comigo: '*Non dare questo dispiacere a tuo padre!*'. Implorou que eu não desse aquele desgosto a nosso pai! *Capisci*, Lià? Desgosto a nosso pai! Como se ele nunca tivesse dado desgosto a ninguém, como se ele tivesse sempre sido carinhoso e compreensivo conosco e honesto com todos! Não me conformo ter dado ouvidos, também, naquela vez. E nossa mãe sempre a dar-lhe força, sempre do lado dele, como um cão fiel, nunca do lado dos filhos! Sempre assim, até onde vai minha memória: '*Vostro padre ha la faccia nera!*', avisava quando ele chegava, preparando-nos ao terror. Sempre avisava que ele estava de cara sombria! Mas nunca disse que a alma dele era sombria, a mais sombria, que superava qualquer imaginação do que se pode dizer sombrio!"

***

Pouco depois Maria engravidou e, realmente, a perspectiva de se tornar mãe, de ter uma criatura sua para criar, a fez reflorescer. Quase no mesmo período, tia Maria avisou que haviam decidido vender a casa: Gilda e Dirce haviam casado e a casa ficara muito grande. Já estávamos na Castro Alves havia três anos e nosso pai não dava sinal de sair de lá. Mas, com aquela notícia, começamos a procurar uma casa. O ideal seria nos arredores, mas as casas eram todas muito caras. Nosso pai viu, num anúncio de jornal, casas populares à venda em Osasco. Não sabíamos onde ficava esse lugar, mas o anúncio era bonito, convidativo e ele resolveu ir ver, num domingo.

Como sempre, me levou com ele. O ônibus que tomamos no Anhangabaú, um daqueles enormes chamados papa-fila, demorou para chegar, demorou para sair e, quando começou a se mover, o fez lentamente, e lentamente passou pelas ruas até chegar a uma estrada já fora da cidade, e continuou na sua lentidão, arfando pelas subidas. Não sei quanto tempo havia passado quando chegamos em Osasco. Procuramos o lugar e isso levou mais um tempo: subimos uma colina, no alto da qual vimos fileiras de casas pequeninas, alinhadas uma ao lado da outra. Uma salinha, um ou dois minúsculos quartos, uma cozinha e um banheiro. Mesmo que fossem próximas, não seriam suficientes para nós. E aquela lonjura as descartava de vez. Voltamos para casa completamente desanimados, continuando as buscas pelas redondezas.

E foi por acaso que nossa mãe, ao chegar da feira e desembrulhar as bananas envoltas num jornal, viu o anúncio de uma casa na Rua Nilo, bem próxima da Castro Alves, a um preço acessível. Maria e eu fomos vê-la.

A casa, de um amarelo desbotado, estreita e alongada, com telhado de duas águas, duas janelas descaídas e um portão de velha madeira sem cor na fachada, parecia uma igrejinha esquecida no tempo. O portão, semiaberto, dava para um porão cheirando a mofo, onde morava um velhinho. Um portãozinho lateral, também descaído e de velha madeira sem cor, dava acesso a um corredor escuro e úmido, no fundo do qual, naquilo que parecia ser a cozinha, uma velhinha, sentada numa espécie de catre enferrujado e enrolada num velho cobertor xadrez, disse que poderíamos ver a casa e nos indicou a entrada, num canto atrás do catre. Eram três cômodos grandes, enfileirados um atrás do outro, como vagões de um trem, de altas paredes descascadas e chão de tábuas mofadas, que rangiam debaixo de nossos pés. O banheiro, atrás da cozinha, com paredes escuras, um chão de cimento sujo e molhado, uma pia e uma privada imundas, exalava um cheiro insuportável. Mais para o fundo, no quintal que se afunilava, uma goiabeira, na qual se apoiava uma velha videira, procuravam em vão tornar a casa mais agradável.

Maria e eu saímos correndo, apavoradas, dizendo uma para a outra que para aquela casa a gente não iria de jeito nenhum. Mas, na manhã seguinte, nosso pai e você foram ver a casa e logo fecharam o negócio. "A casa só poderia ser comprada por alguém que pudesse derrubá-la por inteiro e construir outra no lugar ou por alguém como nós, que tínhamos extrema necessidade de morar próximo à Castro Alves. Realmente era apavorante, como disseram vocês. Mas eu logo vi as possibilidades dela, imaginei as reformas indispensáveis que se poderiam fazer para torná-la minimamente habitável. No barraco, em Via Flamínia, havia adquirido farta experiência em me adaptar às piores condições de vida, sem água em casa e com aquela latrina comunitária, que eu só usava tarde da noite, quando não havia o perigo de alguém bater à porta e ter de dizer: 'Tem gente!'. E, antes de me deitar, ia lavar as mãos, o rosto e escovar os dentes na rua, na água da *fontanella* em frente ao portão. Aquilo me havia preparado a qualquer situação. Aquela experiência na Flamínia me havia tornado forte, mais que qualquer serviço militar. Naquela velha casa da Rua Nilo, pelo menos, havia água encanada e, até poder fazer uma reforma melhor, bastava arrumar o telhado, lavar o banheiro inteiro, principalmente a pia e a privada, com soda cáustica, talvez pintar as paredes e manter o chão seco. Nosso pai se mostrou titubeante, mas eu insisti e o convenci a comprar a casa. O fato de a comprarmos meio a meio facilitou. Eu, finalmente, dispunha de meu dinheiro, e isso decidiu a compra. Não tive medo. A necessidade era por demais forte e não podia recuar. Foi a primeira vez que convenci nosso pai, pela primeira e única vez consegui inverter os papéis. E veja só, moro naquela casa até hoje, claro que totalmente modificada, agora."

E falamos dos finais de semana subsequentes à compra, nos quais todos nos dedicávamos à limpeza da casa, inclusive Maria, cuja gravidez já era aparente. Falamos das telhas, retiradas uma a uma, lavadas e recolocadas de maneira certa por um pedreiro italiano, que conhecíamos há algum tempo. Eram telhas romanas, que já não se usavam mais, pois haviam sido substituídas pelas francesas. Mas comprar telhas novas estava fora de cogitação, por isso era preciso retirá-las, esfregá-las com força para devolver-lhes, na medida do possível, sua cor original, escondida debaixo da camada de poeira preta, que se havia acumulado durante anos e anos.

Foi na ocasião da mudança que nasceu Lilia, trazendo uma nova vitalidade e uma grande alegria a todos nós, como primeira filha, primeira neta e primeira sobrinha: tudo para ser imensamente amada e mimada. Você lançava sua primeira raiz, num país em que ainda se sentia estrangeiro, mas que se tornara a terra natal de sua filha — e depois de seu filho e de seu neto —, e o prenderia para sempre.

"Sabe, Lià, acho que foi a experiência com aquela casa que me impulsionou, mais tarde, a largar minha profissão de alfaiate e me dedicar à construção, a comprar casas velhas e reformá-las para aluguel. Não aguentava mais costurar, embora tivesse uma ótima clientela e ganhasse bem. Não aguentava mais segurar a agulha, que desde meus nove anos havia educado meus dedos, não aguentava mais aquela posição em que ficava o dia todo e que me havia causado um problema na cervical, uma dor que me acompanha até hoje. Na construção me sentia livre, finalmente fazia algo que eu havia escolhido. Cada casa apresentava um problema novo, cuja solução exigia raciocínio e imaginação. Não era como ser alfaiate, em que o maior problema era adaptar o corte a cada corpo, inclusive sabendo disfarçar possíveis defeitos e melhorar a postura, o que deixava meus clientes plenamente satisfeitos. Essa técnica eu já dominava plenamente, não havia grandes novidades. Com as casas era diferente, cada uma era uma novidade a ser enfrentada e solucionada. Isso, sim, me dava um grande prazer! E jurei nunca mais pegar uma agulha na mão. Algo parecido com o que aconteceu com você, quando deixou de lecionar e começou a escrever!"

Lembro-me agora de um dia em que chamei você pelo celular. Sua doença já se havia manifestado, você já havia começado a tomar bolsas de sangue no hospital, mas ainda estava relativamente bem. Eu chamei e o encontrei em sua oficina de alfaiate. Você estava sentado naquela sua usual posição de alfaiate, e costurava com desenvoltura, como se nunca tivesse deixado de costurar. E sorrindo me mostrou o casaquinho branco que costurava para Larissa, que estava a seu lado — àquela altura Erik, Lilia e Larissa se revezavam para não deixar você sozinho — e você estava contente por costurar aquele casaquinho, pensara que não conseguiria, depois de tantos anos. Mas, ao começar, se dera conta de como tudo fluía com naturalidade, que o seu corpo guardara as lembranças de cada gesto. Anos antes você dissera que havia dado o ponto final ao deixar seu ofício. E agora estava ali, dando outros pontos, se realizando com eles, pois costurava não por necessidade, mas porque queria, não só para agradar Larissa, mas porque, pela primeira vez, era uma escolha sua.

* * *

Muitas vezes lembro de você, neste último ano juntos, ouvindo no celular a canção *'Volare'*, uma de suas preferidas. Ouvia de olhos fechados, com um sorriso no rosto, como em estado de êxtase, com movimentos quase imperceptíveis dos lábios, porque você cantava por dentro: '... *e volavo, volavo felice più in alto del sole ed ancora più su, mentre il mondo pian piano spariva lontano laggiù*'.

Sim, naquela canção, você voava feliz, mais alto que o sol, e mais alto ainda, enquanto o mundo pouco a pouco desaparecia, lá embaixo. Você dizia que sempre associava esta imagem à da Terra vista do espaço pelo primeiro astronauta que, eufórico, gritara que a Terra era azul. Este nosso opaco planeta era azul, uma imagem bonita, que elevava nosso espírito, fazendo-nos deslumbrar como infinitos são os espaços celestiais, e como grande é a pequenez do nosso planeta, e a nossa própria pequenez.

Outras vezes você ouvia *'L'italiano'*, também como em estado de êxtase, mas de natureza diversa. Lá, a humanidade desaparecia no azul do globo, aqui se afirmava uma nacionalidade, na qual você se incluía.

Uma entre as tantas nacionalidades que recobrem o globo terrestre como uma teia de aranha, como as peças de um quebra-cabeça, visível somente nos mapas políticos. Peças que se juntaram e se separaram ao longo dos séculos, que desenharam e redesenharam domínios, uns se expandindo, outros desaparecendo, sempre definindo e redefinindo limites, fronteiras, divisões, nessa longa e atribulada história humana.

Nessa canção, e só nela, você se sentia *'un italiano vero'*: afirmava sua identidade e sorria para ela. Mas era uma ilusão: você estava com a razão, Lilio, quando disse a nosso pai que não queria partir para não se sentir estrangeiro em terra alheia, que queria ser italiano na terra em que havia nascido: com a partida, perderíamos para sempre o direito a uma cidadania plena. Por mais que depois viéssemos a gostar do Brasil, sempre seríamos italianos, estrangeiros, os que haviam chegado de fora. A língua que aprendemos a falar sempre denunciaria que não éramos do lugar. E tudo em nós denunciaria a base cultural recebida desde que nascemos, que anos e anos vividos em outro país não conseguiriam apagar, porque era parte da nossa essência. E na Itália nunca mais seríamos *'italiani veri'*: seríamos 'os que haviam partido'. Não pertenceríamos totalmente a nenhum dos dois países. Você se deu conta disso quando comprou a casa na Itália e passou a viver um tempo em cada país, não se sentindo inteiro em nenhum dos dois, estrangeiro nos dois.

Sentir-se *'un italiano vero'* era o contraponto a uma pergunta angustiante, que muitas vezes você me fez:

"Será que para eles ainda somos imigrantes?" A pergunta continha em si toda a história do que fora a imigração italiana no Brasil, quando gentes das regiões mais pobres da Itália haviam começado a chegar ao Brasil, a terra prometida, no sentido literal de terra para cultivar, mas também no sentido de possibilidade de mudança de status social, para quem, até a Unificação da Itália, vivera em regime social cristalizado, quase medieval, na Itália ainda essencialmente rural. E o Brasil era o país em que podiam finalmente realizar o sonho de serem donos de sua própria terra, livres, finalmente livres, no Novo Mundo. Assim foi com os milhares de miseráveis provenientes do Veneto, que colonizaram as extremidades sul do Brasil, ao lado dos que provinham de partes igualmente miseráveis da Alemanha. Assim foi com os que chegaram do Sul miserável da Itália, chamados para substituir a mão de obra escrava, nas fazendas de café. Assim foi com os italianos do segundo pós-guerra, provenientes de uma Itália faminta, destroçada pelo conflito armado.

Nós havíamos chegado nessas últimas levas de imigrantes, quando o Brasil não necessitava mais de mão de obra nos campos, mas nas cidades, para a nova fase econômica do país, a industrial, que florescia nas grandes cidades, especialmente em São Paulo. Vínhamos de uma cidade para outra, de Roma para São Paulo, mas éramos imigrantes de qualquer forma e sobre nós recaía o estigma de ignorante, pobre e 'carcamano'.

Só depois, quando a Itália viveu o boom econômico e se tornou um país rico e florescente em todos os campos, do design aos produtos alimentares que começou a exportar, só então mudou o sentido de ser italiano, só então surgiu o orgulho de ser descendente de imigrante e tentar conseguir um passaporte italiano, só então se tornou lindo, até romântico, contar a história de avós e bisavós, heróis no Novo Mundo.

Mas, quando nós chegamos, ainda pesava sobre nossos ombros a pecha de imigrante, sinônimo de pobre, de inferior: era assim que você se sentia, quando os amigos, com os quais se reunia algumas vezes, o chamavam de 'italiano', nunca pelo nome próprio, como se não o tivesse. Nas casas dos seus clientes, era o 'alfaiate italiano' que só podia entrar pela porta de serviço. E, enfim, quando começou a construir, era o 'patrão italiano'. Só chamaram você de 'senhor Lilio' quando estava no hospital, no fim de sua vida.

* * *

"Lià, *ricordi quando abbiamo fermato il Fasano?*", me perguntou você, o rosto radiante àquela lembrança! Como não lembrar daquela noite de baile no salão do Fasano, em que me senti uma verdadeira Cinderela? O Fasano era o salão mais elegante de São Paulo, naqueles anos. Nós nunca teríamos sequer sonhado entrar naquele lugar, mas uma amiga de Gilda, que ia comemorar o aniversário no Fasano, a havia convidado, dizendo-lhe que poderia levar três pessoas, e Gilda nos convidou: foi assim que Maria, você e eu pudemos entrar naquele mundo de ricos. Nosso pai, como sempre, não queria me deixar ir, mas daquela vez você o convenceu. Afinal, eu iria com meu irmão, que mal poderia haver? Creio que fui com o vestido que Neide me havia dado e com os sapatos de salto alto que ganhara de tio Consolato, e me senti nas nuvens!

Sentados numa mesa, enquanto os garçons serviam petiscos e bebidas, ficamos observando os casais que dançavam. Eram sambas, rumbas, boleros e nós nos encantávamos com os movimentos dos casais, diferentes dos que conhecíamos e sabíamos dançar. Nos deleitávamos a olhar e não nos atreveríamos a ir para a pista de dança.

Mas, de repente, os primeiros acordes de uma valsa, de uma das belas valsas de Strauss, se espalharam pelo salão, e os casais começaram a se movimentar na pista. Mas dessa vez seus movimentos não acompanhavam o ritmo: eles se moviam num ritmo binário, mexendo as pernas e os ombros de um lado para outro, quase sem sair do lugar.

Foi quando você se levantou e sussurrou em meu ouvido: "Lià, *vogliamo far vedere come si balla il valzer?*". Eu imediatamente me levantei, você enlaçou minha cintura e começamos a dançar, girando sobre nós mesmos e abrindo-nos caminho entre os casais, para dar a volta na pista. No início nem percebemos, mas aos poucos os casais paravam de dançar e se retiravam, até que só nós dois continuamos a dançar. Havíamos parado o Fasano. Havíamos mostrado como se dança a valsa, sorrindo um para o outro, num verdadeiro delírio de felicidade, sob os aplausos de todos!

É neste momento que quero congelar o tempo, Lilio: nós dois, radiantes de juventude, volteamos ao som de uma linda valsa, na pista do Fasano, de onde todos se retiraram para nos ver dançar, e nós dançamos sem pensar na vida que foi nem na que será, sem pensar em nada a não ser dançar. E todos aplaudirão!

✳ ✳ ✳

Esta obra foi composta em Janson Text LT Std 11,5 pt e impressa
em papel Polen Natural 80 g/m² pela gráfica Meta.